国际大奖作家作品精选

哈里斯和我

[美]加里·保尔森 著

白铅笔 译

中国少年儿童新闻出版总社
中国少年儿童出版社
北京

著作权合同登记　图字：01-2022-5048 号

HARRIS AND ME
by Gary Paulsen
Copyright © 1993 by Gary Paulsen
Published by arrangement with Houghton Mifflin Harcourt
Publishing Company
through Bardon-Chinese Media Agency
Simplified Chinese translation copyright © 2022 by China
Children's Press & Publication Group
ALL RIGHTS RESERVED

图书在版编目（CIP）数据

哈里斯和我 /（美）加里·保尔森著；白铅笔译
. — 北京：中国少年儿童出版社，2022.6
（国际大奖作家作品精选 . 第一辑）
ISBN 978-7-5148-7451-8

Ⅰ.①哈… Ⅱ.①加… ②白… Ⅲ.①儿童小说 – 长篇小说 – 美国 – 现代 Ⅳ.① I712.84

中国版本图书馆 CIP 数据核字（2022）第 077228 号

HALISI HE WO
（国际大奖作家作品精选·第一辑）

出　版　发　行：中国少年儿童新闻出版总社
　　　　　　　　中国少年儿童出版社

出　版　人：孙　柱
执行出版人：马兴民

丛书策划：缪　惟	丛书统筹：邹维娜
责任编辑：白雪静	版权引进：仲剑弢
责任校对：刘文芳	封面绘者：鹿寻光
插图绘者：刘向伟	装帧设计：禾　沐

社　　　址：北京市朝阳区建国门外大街丙 12 号	邮政编码：100022
总 编 室：010-57526070	发 行 部：010-57526568
官方网址：www.ccppg.cn	

印　刷：北京盛通印刷股份有限公司

开本：889mm×1194mm　　1/32	印张：7.375
版次：2022 年 9 月第 1 版	印次：2022 年 9 月北京第 1 次印刷
字数：100 千字	印数：1-8000 册
ISBN 978-7-5148-7451-8	定价：36.00 元

图书出版质量投诉电话 010-57526069，电子邮箱：cbzlts@ccppg.com.cn

孩子的田园，田园的孩子

你有没有想象过农场里的生活是什么样的？种些漂亮的生菜、西红柿、胡萝卜、卷心菜，阳光下挎着小竹篮去收菜？还是追着菜粉蝶奔跑，一路上遇见蜻蜓和瓢虫？然后干干净净地回家，吃上一顿新鲜的蔬菜大餐？

在哈里斯家的农场里，日子显然更加丰富有趣。农场里养的每一个动物都有名字，有踢你没商量的母牛薇薇安，有高大凶猛蔑视一切的猞猁锯子，有被当成假想敌在泥浆里和你战斗的母猪敏妮，有斗志昂扬从不言败的公鸡厄尼……它们就像是哈里斯的朋友，性格各异，每天和他生活在一起，相爱相杀，陪伴他度过一个又一个劳作的日子。

刚才说到的干净漂亮的农场生活，其实并不是农场真正的样子。抛开玩乐，哈里斯和他的家人在农场里的日子并不轻松。他们每天要挤很多的牛奶，要喂很多鸡牛马猪，要收一大卷一大卷的草料，还要担心牲口们生病，给它们洗"药浴"。受伤更是在所难免，哈里斯在和公鸡厄尼、猞猁锯子的战斗中，屡战屡伤、屡伤屡战，甚至还在给牛群泡药浴时被公牛狠狠地顶到。和哈里斯的活泼不同，哈

里斯的爸爸则很少说话，作为一家之主，他要管理一整个农场，这让他感觉压力巨大，经常心事重重，偶尔和哈里斯的玩闹都能让哈里斯高兴不已。在这个没有工业化的农场里，有一种贴近自然和生命的朴实生活，带着牛粪味儿，淳朴得打动人心。

哈里斯就像农场上生长的其他生命一样淳朴。他喜欢说脏话，每次被打还是照说不误；爱搞恶作剧，为此甚至甘冒危险；最爱异想天开，在他能获得的有限的电影、漫画里，他能演绎出无数人猿泰山或者西部牛仔的故事。他自然生长，一如农场上的动植物。他任性快乐，就像农场上一阵自由的风。一个夏天并不长，却给和哈里斯朝夕相处的本书作者——哈里斯的表哥，带来巨大的内心抚慰。

和哈里斯不同，本书作者生长在城市，父母酗酒，严重到了无法照顾他的地步，他只有轮流到不同亲戚家寄住。去哈里斯家就是一次意料中的轮替。意料之外的是，他那颗长期缺乏父母关爱、漂泊无依的心灵，在哈里斯家的农场里找到了归属感，让作者觉得自己就属于这里，换句话说，他也像是农场里的生命一样焕发出勃勃生机。直到轮替结束，要前往下一段旅程，作者才意识到自己要离开农场了，只得不舍而又无奈地离开。这本书就是作者对那段日子的怀念，多年以后，农场生活的点滴细节在作者笔下跃然纸上，每一个人、每一只动物都展现出独特的个性，带我们进入一段真实可见的农场生活，可想而知这个夏天对作者产生了多大的影响，不但在他住在农场的时候给他养分，也滋养着他今后的人生。

在翻译《哈里斯和我》的过程中，我和故事里的主人公产生了很多共鸣。想起自己童年时在田野里撒欢的日子，那时农药、化肥还没有大面积使用，上房、爬树、下河、光脚奔跑的日子像水晶一样留在记忆里，那时稻田里可以捉到蚂蚱和青蛙，小河沟里常见河蟹和泥鳅。人到中年，这些画面成为记忆这本书里最闪亮的存在。后来自己有了孩子，便也想让他的童年留下和泥土、昆虫、植物亲近的回忆，于是我和先生带他在附近农场租了一块菜地，开始了每周末去种地的日子。

到今年，也就是本书译稿完成的时候，我们已经在北京的后厂村路旁种了十年的菜，而今年，也成为我们告别农场的时候，把那些菜苗、虫子、肥料、农具、杂草，都留给了回忆。

这块菜地是在儿子一岁时租种的，那时儿子刚学会走路，连迈过排水沟都费力。后来有一年，我们种了两棵香椿树，一棵活了，越长越高，高到如今看得到吃不到，每年春天只能望香椿芽兴叹；另一棵则不知怎么死掉了。买

种子、育苗、施肥、浇水成了例行公事,其中当然少不了收获的乐趣;还有各种各样的虫子,蚯蚓、菜青虫、菜粉蝶、瓢虫、蜘蛛、蜈蚣、壁虎,以及数不清的花蚊子。记得有一次刚下过雨,儿子一手拿着新摘的西红柿,另一手用力掰玉米,咯咯笑着,一起定格成关于这块菜地的画面。

生活在城市的孩子,和跟泥土打交道的生活越来越远。孩子们会嫌脏,或者是爸爸妈妈们嫌脏,怕泥土里有细菌。孩子们把种子种在花盆,因为这是学校留的作业,作业写完,大部分菜苗都结束了短暂的生命。多带孩子们去田园里吧,在泥土上走走,和动植物接触,让孩子的天性得到自然的释放。孩子是热爱田园的,那里有丰富的生命,和他们一样充满了勃勃生机。田园也是热爱孩子的,为他们提供了可探索的大到天地山河小到一虫一草的世界。希望本书不但能让读者看到哈里斯的农场,也能引发你们产生探索自然、奔向田园的兴趣。

是为序。

白铅笔

2021 年 10 月

目 录

1 初遇哈里斯，
见识到他的异想天开和
自命不凡 ……… 1

2 我变成一个农民，
还遇见了薇薇安 ……… 19

3 哈里斯介绍农场的工作，
初遇厄尼 ……… 33

4 宣战吧，
为了荣誉 ……… 55

5 遇见"锯子"，
了解团队合作的价值与安全性 ……… 67

6 我学到更多物理知识，
包括抛物线轨迹，
还发现了文学的价值 ……… 91

7 我置身这座城市，
遇到银幕的诱惑
以及橘子汽水 ············ **107**

8 我们训练了两匹马，
我也从中学习到，被责备的
不一定就是犯错的 ············ **139**

9 我学会了玩耍，
找到了力量，
以及最原始的工作 ············ **161**

10 我找到了爱，
却让我心碎，
为了报复，
我毁了哈里斯的好事儿 ············ **181**

11 哈里斯拥有了速度……
以及衣服的价值 ············ **195**

12 一切都在改变 ············ **215**

后记 ············ **225**

1

初遇哈里斯，
见识到他的异想天开和
自命不凡

要不是因为有太多的施乐茨啤酒和四玫瑰威士忌，我也许永远都不会遇见哈里斯。记得小时候，在我有记忆的所有日子里，家里的桌上，总有一瓶打开的施乐茨啤酒。我父母还会十分专业地用果冻瓶喝四玫瑰酒——纯的，不加冰，不兑水，不混合。

因此，在大多数时间里，他们活得就像两株植物一样——尽管"植物"一词含有某种平静的感觉，但其实这种感觉并不存在。他们要经历三个醉酒阶段：

微醺（开心的）；喝醉（表现得特别差劲）；最后，断片（四玫瑰式昏迷）。

不幸的是，微醺这个开心阶段，持续的时间总是很短，而且越到后来，这个阶段就变得越短。再后来，他们就算是清醒的时候，也非常差劲和令人讨厌了。

最后，家对我来说已经不是家了，有很长一段时间，我都得住到亲戚家里。

到十一岁的时候，我已经和几个叔叔、我的祖母，还有一个从挪威来的单身老农夫一起生活过。这个老农夫认为，死神就住在他谷仓的干草堆里，要是脑袋上不套个饲料袋，他就不敢去那里。他告诉我，死神看不见饲料袋里的东西，所以要是这样的话，只要死神看不见你，你就不会死。

我有很多叔叔，还有很多远房亲戚，于是，在我十一岁的那一年，一次亲戚间的轮替，轮到了哈里斯一家。

警长派了他的副手来接我。傍晚时分，我们动身前往拉尔森家。他们就住在镇子往北四十英里远的一个农场里，没多远，但却像是另一个星球。路上大概只用一个半小时，却要穿过很多不同的地形，还没驶出五英里，我就开始感到绝望了。有那么两三英里路，我们的车子行驶在一个还算正常的村子旁。经常能看到拖拉机在地里干活儿，有人沿着路走，跟你挥手打招呼。但很快，树木靠得越来越近、越来越近，还越来越密，最后在路两边形成一堵墙，整条路和汽车都笼罩在绿色的黑暗之中。也没有空地和车道了，只有消失在森林和灌木丛中的泥路。就像是进入了早期探险者用的那种旧地图上的边缘地带，上面写着：有怪物出没。

送我去的副警官不停朝车窗外吐痰，还一边称赞他这辆1949年生产的福特车的优点。

"它有V-8型发动机，"他告诉我，"劲儿很足，这V-8……呸！追捕罪犯的时候，追得紧了，就得有劲儿才行……呸！"

树木延绵不绝，到处都是深绿色，大地上覆盖着茂密的植被，夏季的北方森林一直蔓延到柏油路路肩近旁。实际上，还有些地方的树木从路上方探出，形成一条绿色的隧道。我一直在寻找人们生活的痕迹。

"有人住在这儿？"最后，我问。

"当然了……呸！……这附近得有两三百人。你知道，这儿能过下去……"

路越来越窄，几乎就要消失了，车子似乎马上就要冲进树林里去了。就在这时，副警官突然向左一打轮，车身一跳，转入一条土路——确切地说，是一堆车辙辘印。

我们沿着这条土路又开了几英里，有七八英里吧，又一次，就在汽车似乎要冲出路尽头的时候，副警官又一次向左打轮，车向左边拐去。路更窄了，我正琢磨着我们一定会陷进车辙辘印里出不来，突然之间，我们开进一大片平整的土地。

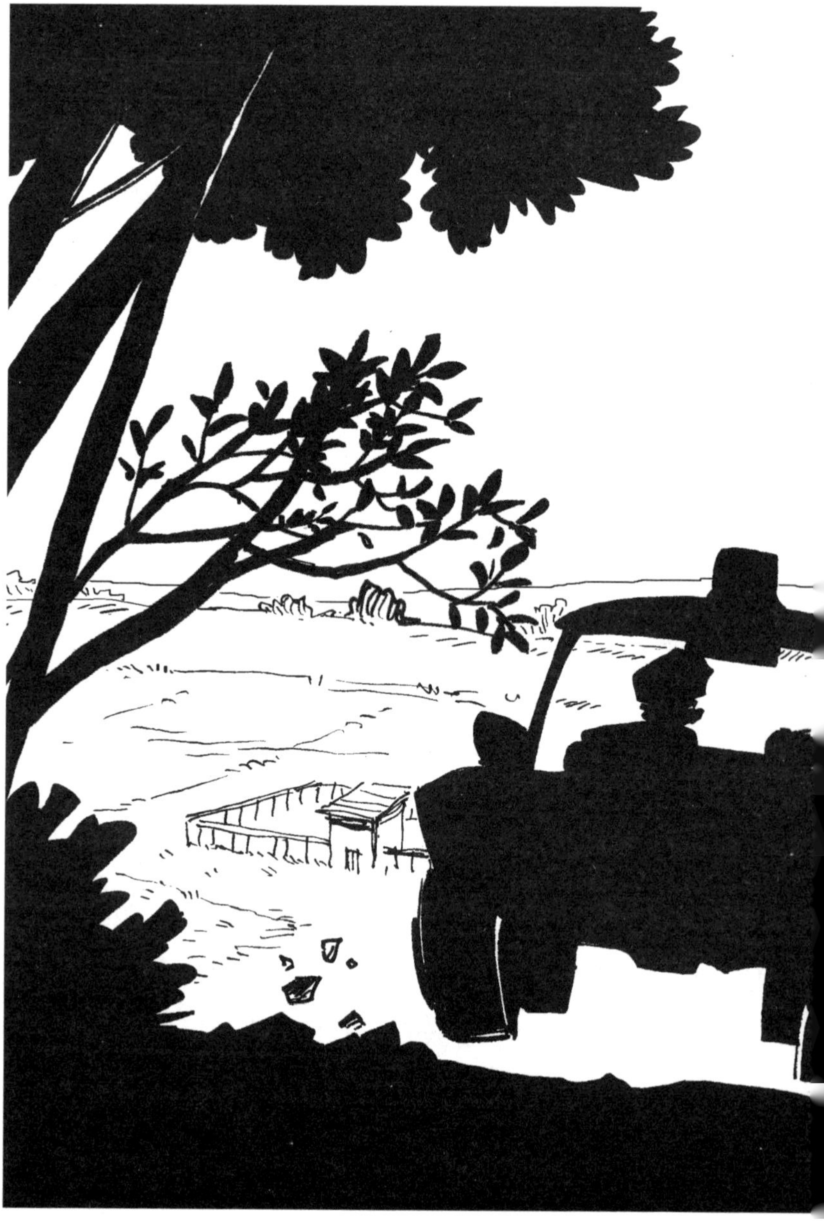

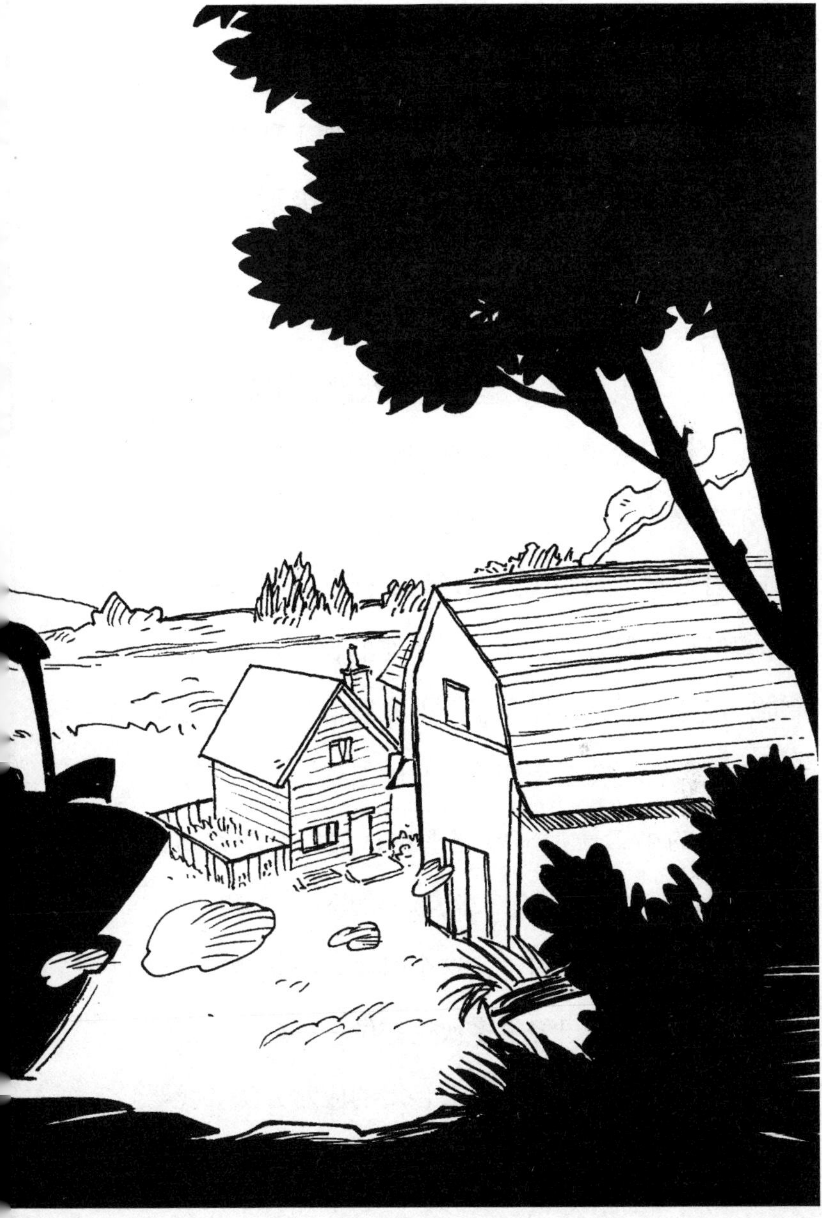

"拉尔森家！"副警官说。

这片平地肯定不止半平方英里。地上种着玉米和谷物，看上去又肥沃又平坦。在这块长方形地带的一侧，有一条半英里长的车道，笔直地伸展出去，我们驶上的正是这条路。

这时，我开始紧张起来，无法继续平静地坐着了。虽然他们跟我之间有一些遥远的关系，可我只见过拉尔森家的人一次，而且那次见面还是四年前，我当时只有七岁。到现在，已经过了很久，其间父亲驻扎菲律宾还有差不多三年。至于他们长什么样，长得像谁，我几乎没什么印象了。他家有四口人，我知道的是：克努特，关系上相当于我的二叔；他的妻子，也就是我的第二任婶婶，克莱尔；他们十四岁的女儿，格兰尼斯；还有我的二堂弟，哈里斯，九岁。

车子沿着车道朝前走，这个时候，我开始琢磨自己该怎么做了。我已经很多次这样做——被安置到一个新地方——也找到了一种很管用的应对方法。我要假装害羞。事实上，这在一定程度上只是一种假装，因为在认识新人的时候，我得多加小心，别被当成是个轻浮的人。害羞可就让我好过多了，于是当我们靠近房子和农场时，我开始变得畏缩胆怯起来。

他们一定是在等我们，因为当副警官开着福特沿车道一路颠簸驶进院子里，我看见他们就站在那儿，一个挨着一个，在房子旁车道拐弯处等待着。

副警官起身从车里出来，抓着车门顶框，嘴里嘟囔着，同时示意我从另一侧车门下去。

我犹疑着——害羞模式启动——但马上意识到，如果我一直待在车里不动，会显得很可笑，于是下了车，不过就站在车门边，在那儿等着。

"好了，他来了，"副警官说，"我们来得是不是有点儿早……"

他的话就像钓鱼，想引起大家说话，但话说了一半就停住了，因为他自己也觉得这话说得毫无意义，直到我那克莱尔婶婶笑了笑，用围裙擦着手——

我后来发现,她在担心或思考的时候就会这样做——说:"别担心,奥罗。我把蛋黄派都做好了。你可没那么早。"副警官微笑着点点头,然后转身朝向我和车子:"不要那样畏畏缩缩的。拿上你的箱子,去吧。"

我还是没动。这时,哈里斯的姐姐格兰尼斯走过来。她大大咧咧的,整张脸都笑开了花,把我的行李箱从汽车后座上拿出来,朝房子走去。这方法很管用,但却带来一个问题,因为我的私人物品也在箱子里。要不是这些私人物品中有我在菲律宾马尼拉街头花七十美分从一个路人那儿买的"艺术"照,她这样做真不算太糟。

在上流社会,人们管这些照片叫艺术解剖学研究,但卖照片给我那人叫它们"脏片儿",这么叫似乎更准确。

我喜欢看这些照片,作为一名艺术生,在我这个年龄,荷尔蒙似乎支配着我清醒时的每一刻。但我敢肯定,格兰尼斯和她妈妈都不能接受这些照片。这种紧张的情绪,由于副警官在场变得更加复杂,而我不知为何竟生出这样的想法:这些照片是违法的。脑海中,一幅我在他们面前被逮捕的画面浮现出来,因为我有"脏片儿";终于,这个画面战胜了羞怯感,我跳上前,从格兰尼斯手中抓过行李箱。

哈里斯一直站那儿看着。他两手背在身后。我几乎一眼都没朝他看,不过就在我去格兰尼斯那里接过行李箱时,大人们都挤过来,一起朝房子走去。就在我抓起行李箱的时候,哈里斯走到我跟前。

看外貌,他就是格兰尼斯的翻版:一头金发,被太阳晒得有些发白;脸被永久性地晒伤了,红红的;鼻子上还有些脱皮,雀斑像棕色胡椒粒一样撒满整张脸,分布还很均匀;牙齿洁白,当然了,他一笑,就能看见最前面少了两颗门牙。他穿着一套打着补丁的背带裤式工作服,没穿衬衫,穿着一双脏兮兮的鞋。背带裤穿在他身上,看起来又宽又大。

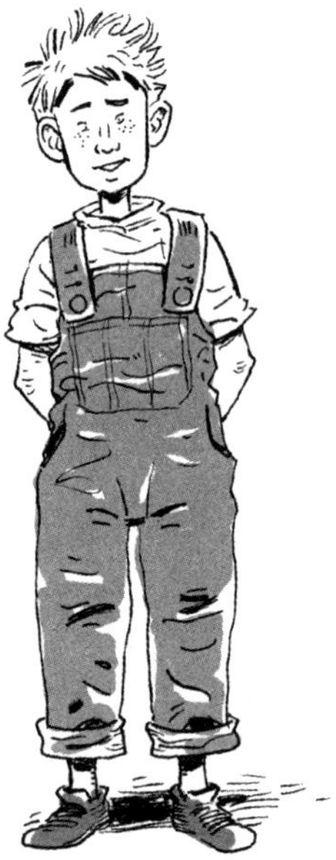

"嗨！"

他走到我身旁，双手仍然背在身后。后来我发现，他这个姿势是有危险的，意味着他在隐藏什么，但当时我还不知道，于是我点了点头："嗨！"

"我们听说你们家人都爱喝得烂醉，是吗？"

"哈里斯！"格兰尼斯走在我的另一边，突然说道，"那样说话是不礼貌的。"

"好了，闭嘴吧，老母牛。你还不够格告诉我该做什么。我要是不问，又怎么知道是咋回事儿呢？"

格兰尼斯是个健壮的女孩，她从我背后伸出手，狠狠打在哈里斯的脑袋上，打得他牙齿咯咯响。

"骂人的时候小心你的嘴——我去告诉家里人，看爸给不给你来顿板子吃?!"

但哈里斯没理会她——后来我知道，被格兰尼斯狠狠揍上一顿，对他简直就是家常便饭——他又问我："那，他们真那样吗？"

我点了点头："他们喝得太多了。"

"他们看到那些东西了吗？"

"你指什么？"

"我是说，像镇上的老头儿克努森一样。他总是喝得烂醉，还尿裤子，还老说他在一棵桃树上看见了耶稣。"他哼了一声，"见鬼，离这儿一千英里以内，一棵桃树都没有——即使耶稣真傻到站在桃树上，他又怎么能看见呢？可是，要真像他那样——你父母看见什么东西了吗？"

我摇了摇头："他们就是打架，然后吐。"

"去他的，那没什么，我也老吐。有一次我得了喉炎，吐了得有三四天绿东西，就像草那么绿……"

我们一直走到门廊。房子很旧，需要刷漆了，但还是很干净，而且看起来保养得很好。门廊下的墙上钉着几个鹿角，还挂着一把旧猎枪，放在门前的胶鞋摆成一排。

格兰尼斯打开门："直接进来吧，然后上楼。"

我走进门，来到一条尽头有楼梯的小走廊，爬楼梯上到还未完工的二楼，里面用一道木墙分成两个大房间。外面已经是傍晚，天开始暗下来，里面已经什么也看不见了。而且似乎这里没有通电。

"我睡外间，"格兰尼斯说着，朝楼梯口的房间挥挥手，"你和哈里斯一起……"

她打开门，我扛着行李箱走进第二个房间。里面的屋顶有扇天窗，能透些光进来，但屋里仍然很暗，而且看起来很粗陋。椽子露在外面，二乘四的构造，屋顶的木板是裸露的，钉板子的钉子尖也露在外面。地板是用粗木做的，用框架钉固定住。

天窗在中间，两边各有一张小铁架床。每张床上都放了床垫、枕头和被子，它们是用五颜六色的布拼成的，拼的图案似乎并没有什么意义，也没有任何规则，就是一种颜色挨着另一种颜色。

"你睡左边。"哈里斯抬了抬下巴。"我现在睡右边了。"

"现在？"

"我来回换……"

"你换床铺?"

"在我需要时……"

"需要?"

他端详着我,双手还背在后面,摇了摇头。"你连绵羊屎和苹果酱有什么区别都不知道,对不?是因为我的内脏。小孩儿的内脏就跟羊的内脏一样。要是一只羊睡一边的时间太长,它所有的内脏都会被压扁的,就那样压扁了,要是不摔上一跤,它就爬不起来。我总是对着窗户睡觉,以防有失火,所以要是我觉得内脏被压得太厉害,喘不上气的时候,我就换张床,用另一侧睡。明白了?"

我把箱子放在左边的铺上,坐下来。"我猜也是这样。你想换地儿的时候告诉我就行了……"

我坐下来的时候,床垫发出沙沙声。我用手捅了捅它:"这东西声音怪怪的。"

"是干玉米皮。这些是去年的,现在已经老了,不会下陷了。你真该在它们是新的的时候来听听——声音太大了,压根儿睡不着。"

这时,引擎声响起,我从窗户望出去,看到副警官把车倒出院子,沿着车道开走了。尽管已经有过很多次,我还是突然感到失落和孤独。我向前靠了靠,看汽车离开。

"看这个。"

哈里斯往我这边挪近些,手里拿着什么东西。我从窗口转过身子,仔细看了看——好像是一个绿色的、黏糊糊的、有腿有眼的球。"这是什么?"

"一只青蛙。"

他把它放在我手里,我能感觉到它还活着,腿在轻轻动。

"它怎么了?"

"我在它屁股眼儿里塞了根稻草,然后给它吹气儿。"

"为什么?"

"所以它就不能潜水了。你把它放在牛棚旁的水池里,它就会漂在水面上,游不到水下了。"他笑起来。

我把青蛙放在天窗的窗台上。它在那里轻轻地滚动着,晃动着两只小前腿。副警官车子的尾灯也消失在车道的尽头。

2

我变成一个农民，还遇见了薇薇安

我做梦了：大脑神经元在随机放电……出现了一条鱼，然后神经元突然放电，变成一个拿着一条鱼的女孩，她冲我微笑，握着鱼跟我打招呼，那是一种很有吸引力的方式……但是，突然，传来一阵巨响。

有东西在砰砰响，猛扯着，使劲儿晃……

我醒了。

房间里一片漆黑，有那么几秒钟，我记不起自己身在何处。接着，从窗口透进一缕微弱的光，照出了墙壁和床，哈里斯的身影出现在我上方。

"快点儿，该醒了。"

我向窗外望去："还是晚上呢。"

"没关系——大人们咳嗽了得有十五分钟了。快给我起来，不然路易会把煎饼全吃光的。"

"路易？"哈里斯转身回到他的床铺，一下就穿上了那条背带裤，挂好裤带。和昨天一样，这条背带裤是他唯一的衣服。"路易是谁？"

"就是路易咯。在这儿住，在这儿干活儿的一个老家伙。他要不是开着拖拉机去镇上喝啤酒了，你昨晚就能见到他。他半夜回来的。"

昨晚，现在我想起来了。他们给我一盘食物，因为他们已经吃过晚饭。我挑着吃了点儿，没多想，也没多说，头顶上的科尔曼吊灯发出咝咝声，格兰尼斯和克莱尔在水槽和炉子旁忙作一团。然后天就黑了，我们都上床了。我辗转反侧了一会儿，最后还是睡着了。这会儿想起来，睡着后，我被楼下车道上一阵响亮的马达声吵醒了一会儿。一道亮光从窗口闪过，然后就什么也没有了……

哈里斯来到我床前，一把撩开被子。

"起啦。"

说完，他就消失在门口，只听见他噔噔噔跑下楼梯的声音。

我试着闭上眼，再接着睡。外面漆黑一团。我身体里的每一个细胞都想接着睡觉。但另一种痛苦也随之而来——饥饿。昨晚我并没吃多少东西。接下来，我对路易是谁、是干什么的，产生了好奇，于是我爬起来，站到地板上。不消片刻，我就套好牛仔裤，穿上T恤衫，系好网球鞋，一只手在墙上摸索着给自己引路，朝楼下走去。但是当我走到厨房的时候，用餐区的桌子已经摆好，每个人都已经就座，准备好吃饭了。

和前一天晚上一样，唯一的灯光来自挂在天花板上的那盏科尔曼吊灯。它叹着气，吱啦作响，把一道白光打在桌上。

格兰尼斯和克莱尔在烧着木柴的炉灶前正给煎饼翻面。克努特和哈里斯坐在桌旁。克努特拿着杯子喝咖啡,他用宽大的可以遮阴凉的手掌把杯子包住,眼睛盯着桌面,脸上带着一种清晨特有的呆呆的神情。哈里斯坐直身子,一只手握着把叉子,两眼盯着桌上的空白处,身体微微有些发抖。

桌子尾端坐着一个老人,穿着羊毛外套,然而现在是夏天,厨房里做煎饼的火炉里还烧着木头,屋里热烘烘的。这是脏得让人难以置信的一个人,很难在他脸上或者脖子上找到一块没有盖着泥灰或者油污的皮肤。他留着蓬乱的胡子,上面沾满了灰尘和锯末,还有些看起来像(后来我发现其实就是)干肥料、痰和烟草汁的东西。所有这些,就围在那双枪口一样的蓝眼睛和那张没牙的嘴旁。

路易。

我在城里见过流浪汉,看起来也比他好多了。

我朝桌子走过去时，尽量让自己别盯着他看。没人说话，我只是向大家点点头，然后盯着锅里的煎饼。我坐下的时候，路易拿起一个装着原木糖浆的金属罐子，往他光光的盘子里倒了四分之一英寸深，然后向前一靠。

那里有两把空椅子，我站了一会儿，直到格兰尼斯示意我坐下。

"坐吧，哈里斯旁边……"

我坐到哈里斯旁边的椅子上，猜测另一张椅子不是格兰尼斯的，就是克莱尔的。但这并不重要。因为从我到那儿之后，就没见她俩坐下来，我也没见过她们坐着吃饭。克莱尔站在火炉边做饭，格兰尼斯负责把食物端到桌上。我知道她们一定吃了饭，但我从没见过她们坐下来吃东西。

哈里斯没理我，保持手拿叉子坐着的样子，眼睛盯着桌子中央。我怀疑他是否呆住了，也许还没有完全醒过来，在梦游。上帝知道，我现在也很难把眼睛睁开。这里找不到钟表,但感觉似乎是午夜过后没多久,我猜想,照这样下去,我得在上午十点来钟上床再睡一觉。

我发觉,一旁的哈里斯更紧张了。我抬头一看,原来是格兰尼斯正端着一摞煎饼走过来。煎饼看起来真美味,冒着热气,蓬松蓬松的,我感觉自己开始流口水了。

我其实一张煎饼也没吃到。

还没等盘子放到桌上,路易就像蛇一样探过来,一下叉住那摞煎饼。

与此同时,哈里斯也发动了,用叉子朝煎饼戳过去。可是已经来不及了,他已经慢了几英里。

整摞煎饼都进了路易的盘子。七八个煎饼掉进糖浆里,他又往上面倒了一大堆糖浆,煎饼犹豫了一下,就消失在糖浆里。除了有些鲨鱼在疯狂进食时可能会这样,我还从未见过哪种动物像路易那样吃东西。煎饼全被吃掉了。他熟练地用叉子从中间把它们叉起，转半圈，然后塞进他那没牙的嘴里，再用舌头把嘴边多余的糖浆刮掉，让糖浆顺着胡子流下来，有一些又滴回他的盘子里。接着，他用某种奇妙的方式打开喉咙，吞咽食物——完全没有咀嚼，只有半窒息似的吞咽。

不到十秒钟，那堆东西就消失不见了。他又坐好，手里拿着叉子，任由糖浆从胡子滴到衬衫上和膝盖上。

"老鼠！"哈里斯小声对我说，然后叹了口气，往后一靠，抖了抖肩膀，放松一下紧张的情绪，准备抢下一盘。

克努特一动不动，手掌仍旧裹着咖啡杯。我盯着路易，露出满脸的钦佩。他是一个完全致力于自我投喂的机器。不说一句话，不废一个动作——只需一击命中。

第二摞煎饼也一样，不过哈里斯这次叉到了一个煎饼角——抢到一张破破烂烂的煎饼，他倒上糖浆，

细嚼慢咽吃了老半天。

路易又吃了第三摞——到目前为止,他至少吃了二十张煎饼——但速度慢下来了,变成被食物拖着往下吃,所以当第四摞端上来的时候,他犹豫了。哈里斯已经准备好了,他从低处伸过叉子,把它们叉住,收进自己的盘子里——我想我听到他喉咙里发出一声低吼,但我不确定。路易似乎并不介意,轻轻地打了个嗝儿——一个绿色的嗝儿,那种会让人在拥挤的房间里走开的饱嗝儿——然后坐好,等待下一摞煎饼。

"哈里斯,你得分点儿出来。"

"可是,妈……"

格兰尼斯从火炉旁转过身,斜靠在桌子上,用手背拍了拍哈里斯,我听见她的手指重重敲在哈里斯的额头上,使得他的头往后猛一晃。

他递给我一张煎饼。

"还有……"格兰尼斯说,"一半儿。"她举起手,哈里斯缩了一下,照做了,不过他用叉子把最后一张饼撕成了两半,所以我没能拿到整摞饼的一半。但我并不介意。这个时候,我觉得能有东西吃已经很幸运了。我把罐头里的糖浆滴在煎饼上——哈里斯抢在我前面,把糖浆几乎倒光了——然后静静地吃饼。

克努特还是一动也不动，除了抬起胳膊喝咖啡。我们吃饼的时候，格兰尼斯又给他倒了两次咖啡，他同样没说一句话。

"走吧，"哈里斯说，"我们得把牛赶进去。"

哈里斯吃完，推着桌子起身。我还有一半煎饼没吃完。

"等他吃完，"格兰尼斯说，"他还不知道怎么吃那么快。"

哈里斯不说话了，但是拉着我的T恤衫，小声说："走吧……"

我尽可能快地吃起来——越来越羡慕路易的吃饭技巧——嘴里还嚼着，就跟哈里斯出了门。

外面一片黑暗。我忘了天还没亮，还没意识到这一点，我就从门廊跨出去，一脚跌进院子里。

"讨厌咧！你连个路都不会走吗？"哈里斯把我拽起来，又消失在黑暗中，朝牛棚的方向走去。

一路上都是障碍物。我被地上的木板绊了一跤，一头撞翻了院门，在牛棚的墙上弹了一下，径直撞上一辆拖拉机，最后还是哈里斯同情我，拉着我总算是赶到了牛棚。

我不明白"让牛进来"是什么意思，或者说，为什么要让它们"进来"。眼下我心里不停地咒骂着，用的是我从菲律宾士兵那儿学来的词，而且我压根儿就不在乎我是否看到了一头该死的（没错，我就是这么想的）牛——或者说，哈里斯。

哈里斯领我穿过昏暗的牛棚——肥料的气味使我浑身发冷。在后门外，他停下来，走到一边，好像在找什么东西。一阵沙沙的纸声，又一阵安静，然后蹿起一朵火苗，他划着一根火柴，点燃一支手卷烟。他深深地吸了一口，把烟吸进肺里，然后呼出来。

"男人吃完饭，就想好好抽根烟。来一根？"

烟草火光的明暗中，他拿出一个布袋子，里面装着达勒姆烟草丝，一旁还有些麦秸纸。

我从未抽过手卷烟，也只抽过一次——没吸进肺里——我妈带塞头的老式香烟。但我不打算跟哈里斯说实话。

"当然——给我来一根。"

他划了四根火柴我才看清，那是一根看上去疙疙瘩瘩，眼看就要散架的可怜东西。最终，他用第四根火柴点燃了这支烟的一端。我不想被比下去，就像他刚才那样深吸了一口，吸进肺里。

效果是立竿见影的，简直蔚为壮观。烟雾下到气管半路，我就干咳起来，呛得喘不上气，之前吃的煎饼一下子全吐出来，差点儿喷到哈里斯身上。

他跳开来："你啥都不懂，对不？"

通往牛棚的路上，是一片粪肥和尿液混合的泥潭，那是经过母牛咀嚼的食物，变成的一堆永久性的粪肥。我把烟扔进泥潭里，扶着牛棚墙一阵呕吐。

哈里斯捡起那支烟，把烧焦的烟头蹭掉，又把剩下的烟草放回布袋。"好不容易弄到的，还是从路易那儿偷的。他像鹰一样贼。走吧，我们去找奶牛。"

他在黑暗中动身，光脚走过泥泞的粪肥中间，我没多想就跟上了。没走两步，我的网球鞋里就灌满了粪肥。我跳回来，牛屎溅到膝盖上。我试着想绕过这摊泥屎，此时哈里斯已经消失在黑暗中，我赶紧去追他，但还是会每隔五秒就干呕一次。

这时，东方出现了微弱的灰色光线，当我绕到泥泞地带的一侧时，我看到前面有一个活物。

"等一下。我不知道走哪儿……"

腹股沟遭到猛力一击，我飞离地面，在空中翻了半圈。下落的时候，我按住受伤的地方，感觉自己又要吐了，然后有个东西砰地撞到我头顶，我的世界在一道白光的爆炸中，结束了。

3

哈里斯介绍农场的工作,初遇厄尼

他们的声音似乎来自遥远的地方，闷闷的，还有嗞嗞杂音。

"他不懂这里的事情，哈里斯，你得一点点来。"

"行了。见鬼，我怎么知道他会从薇薇安的屁股上走过去！"

啪一巴掌。"别乱说。"

"行了，他想怎么样呢？谁都知道薇薇安会尥蹶子，它不喜欢别人在它屁股跟前……"

"问题就在这儿,哈里斯,他不知道。他是从城里来的。"这会儿我能听出是谁的声音了,不过眼睛还是睁不开——是克莱尔。"他对农场的事一概不知,可怜的孩子。还被薇薇安踢了一脚,真是个糟糕的开始。"

脑子里所有的事情都还模糊不清。有个叫薇薇安的家伙,很明显是它踢了我——狠狠踢了我。我用力记在脑子里,想着下次再也不去招惹它。不管这个薇薇安是谁,它表达批评的方式都特别直接。然而奇怪的是,它竟然躲在牛棚漆黑的角落里,那旁边可就是一大摊牛屎,能把人熏个跟头……

我睁开眼睛。

我躺在厨房旁边小饭厅的桌子上,额头和眼睛前蒙着湿漉漉的白色东西。我什么也看不见。

"看见了吗?"哈里斯问。"他没死。他在动——看见了吧?净瞎忙活。"

啪一声。

"如果你再乱说话，我就上棍子了。"——格兰尼斯的声音。

我抬起一只手，摸到一块湿布盖在我的前额和脸上。就在这时，布被掀开了，我睁开眼睛，看见克莱尔、格兰尼斯还有哈里斯站在旁边。除了哈里斯，每个人脸上都露出担心的神情。我试着笑了一下。

"你没事吧？"克莱尔问。

"我受伤了。"我摸了摸前额，那里肿了个包，有葡萄柚那么大。

"是的,我知道。薇薇安踢了你。薇薇安踢人当然疼了。"

"薇薇安是谁——它为什么不喜欢我?"

克莱尔笑了:"亲爱的,薇薇安是一头母牛。它谁都不喜欢。我相信,它要是能做到的话,连自己都踢。"

"为什么没人踢它?"

哈里斯哼了一声:"我试过,结果差点儿要了我的命……"

哈里斯转向我:"你还想继续躺下去吗?大白天的,可别浪费了。"

我想坐起来,克莱尔把我按住:"先别起来。薇薇安给你头上狠狠来了一下。你先休息一会儿吧。我给你拿些派和牛奶过来,吃完了,看情况再说。"

实际上,我的头还没有胯部疼得厉害,但我不能告诉她,所以我点了点头:"谢谢……"

"好了,看在上帝分上——你要给他吃派?就为了这么点儿小事?"哈里斯摇了摇头,"见鬼了,我那次摔断一条腿,都没人给我吃派。我这就过去,让那只老蝙蝠踢我一整天,要是你给我吃派的话。"

最后一句话的音调越来越高,因为克莱尔终于受不了了,她抓住哈里斯,一把将他拉上厨房的柜台,用铁勺抽打他的屁股。他哭了一阵,但就连我也知道,他是装的,而且看得出来,这顿抽打并没真的起作用。

趁她松开手,哈里斯跑了出去。我翻身坐起来,忍着不去按我的腹股沟,而是静静地坐在桌边吃派,那美味的派几乎让我感觉不到疼了。

"你今天玩儿的时候慢点儿,"克莱尔对我说,接着便和格兰尼斯提着水桶出门朝牛棚走去,"别让哈里斯说服你做任何疯狂的事。"

"我不会的。"

实际上,我真是这么想的。我想先简单点儿,慢慢来。可他们刚一出门,哈里斯就走过来了,站到我旁边，不耐烦地动来动去。

"走吧。我们有很多事要做呢。"

我擦掉上唇沾的牛奶沫，跟他出去了。说实话，其实我对这个农场很好奇，我还没在白天看过它的样子，不知道这里都有什么。

哈里斯带路，向大家正在挤牛奶的牛棚走去。牛棚在离房子大约五十码[①]的地方，是用旧木头造的，上面有一个波纹形金属斜屋顶。去牛棚的路上，在我们右手边有一个用木板围起来的谷仓，谷仓一面墙的外面是鸡舍。鸡舍前有一个用篱笆围起来的鸡圈，里面挨挨挤挤地跑着白色的小鸡——得有几百只。院子里到处是不同种类的鸡——差不多五十只，在草地上啄着、追逐着，还有几十只小鸡跟在各自母亲的后面，学这些母鸡的样子。这些散养的鸡，有红的，有黑的，间或点缀着些白的，还有些头上长着滑稽的羽毛，看起来像个毛绒球。

[①] 码：英制单位，1码约等于0.9144米。——编者注

各种各样的机器在鸡舍外排成一排。割草机、耙地机、播种机、耕地机，有些我一时认不出来，但我知道那边那个是什么，那是一辆老旧的绿色约翰·迪尔拖拉机，还有一辆看上去破旧得快要散架的卡车，散热器格栅上挂着福特车标。到处都是奇怪的破板子和旧机械，还有几只机械手臂伸向空中。两辆旧自行车，也许是三四辆（这很难说），生锈的栅栏卷和铁管子，破旧汽车的残骸碎片。这儿就像个垃圾站。

牛棚的一侧连着个用木头围起来的猪圈，一眼望去，里面挤满了会动的肉球——数不清有多少头猪，似乎只要它们乐意，随时可以撞开这些薄木板溜出来，至少看起来是这样。我正想问哈里斯，是什么把它们堵在里面的，他突然停下脚步，一动也不动。

"哦，不要……"

我一直紧跟着他走，他一停下来，我没站住，就撞到他身上。他扫视着院子和鸡群周围的地方，还朝我们右侧的谷仓屋顶望去，又朝机器的里面和下面仔细查看。

"怎么了？"我问。

"我没看见它。"

在这之前，我一直觉得哈里斯几乎是刀枪不入的人，好像没什么能伤到他。但眼下，他显然很担心，我甚至感觉到他的紧张也感染了我。我脖子上的汗毛都竖了起来，问："没看见谁？"

"厄尼。我没看见厄尼。它不见了可不是啥好事。"

"谁？"我赶紧朝四周张望，"谁是厄尼？"

可是哈里斯没听我说。他不停地扫视着院子，然后朝牛棚走去。他走得飞快，我一路小跑才能勉强跟上他。

"坏了，我给忘了。当然了，都是因为你在这儿，你踩到老薇薇安的屁股上，被它踢了一脚，让我忘了要盯着……小心！"

他转过身，从我肩膀上看过去，眼睛睁得大大的。我刚转身转到一半，忽然看见有对翅膀的影子从眼前闪过——巨大的翅膀，死亡的翅膀——扑向我的脸，哈里斯一把抓住我的头发，把我的脸按到地上，躲过了攻击。

"你个扁毛畜生……"

哈里斯先是仰面躺着，再四肢着地，又仰面朝天，不停地滚来滚去，跟一个混杂着灰尘、羽毛和翅膀的巨大毛球干起架来。他们打得热火朝天，带着乌烟瘴气和污言秽语朝谷仓移动，直到撞在墙上又弹回来。我看见一只胳膊从里面伸出来，抓起一块木板，朝那堆羽毛一阵拍打，而后灰尘下沉，只见哈里斯跪在地上，双手抓着木板，还在不停地拍着那堆好像累坏了的羽毛。

"该死的，厄尼。我要好好教训教训你，看你下次还敢不敢这样朝我身上跳……"

我蹑手蹑脚地站起身，小心地预防着某个地方出现新的攻击（到目前为止，这个早晨都不太妙），往哈里斯那边挪过去，看看他在打什么。

我的动作一时间分散了哈里斯的注意力。趁他抬头松手的工夫,一团泥土和羽毛忽地掠过,他的敌人就这么消失在谷仓地板下的一个洞里。我都没来得及看它一眼。

"一只鸡崽儿?"我问,"那是一只鸡崽儿吗?"

哈里斯站起来,把木板扔到一边,掸去裤子上的泥土。"见鬼,才不是——是只公鸡,叫厄尼。要不是你过来我抬头了,我会杀了它的。它跟我斗了好几年。找不见它,我就恨得慌。"

我俯下身,往谷仓底下瞅,看见一双黄色的眼睛在黑暗中怒视着我。

"它老是突然往我身上跳。在公平的战斗中,都是我揍它,但你要是一眼看不到它……这是它能打到我的唯一法子了。"

尘埃落定后,我才看到哈里斯的胸口和一侧面颊上有几处抓伤,皮都抓破了。"你流血了。"

他擦去伤口上的血迹:"是它的爪子。它用它们

刨地，还真能刨出点儿什么来。我想杀了这老家伙，但是爸喜欢厄尼，说它好，还说有它在，连老鹰和猫头鹰都不敢靠近。"

我相信他说的是对的。我对老鹰和猫头鹰一无所知，但我肯定不想和厄尼缠斗。

哈里斯已经走上回牛棚的路了，我赶紧追过去——我可不想离谷仓底下的那个洞太近。

"我们必须分头走，"他说，"我们迟到了。"

"为什么要分头走？还有别的东西要找我们的麻

烦吗?"我回头,看了看两边,几乎半蹲下来,准备好躲闪。

"没,我们没事,笨蛋——是牛奶。我想我应该给你个机会,让你好好了解下这个农场,而最好的办法,就是分头行动。"哈里斯停下来,咳嗽,吐口水,然后把目光移开——这是个确切的信号,我可以从他的牙缝里看出他在撒谎。"他们说让你来操作分离器。"

他一面说着,一面走进牛棚两扇大开的门,我跟着走进去。我还从未进过正在挤奶的牛棚,看到里面都是奶牛,我感到很吃惊。中间是一条干净的铺着混凝土的通道,大概十二英尺[①]宽,

[①] 英尺,英制长度计量单位,1英尺约等于30.48厘米。——编者注

两边有排水沟。通道的两侧各站着一溜奶牛，它们的屁股冲向过道，看起来几乎所有的奶牛都踩在排水沟里，而沟里已经装满了粪便和尿液。

臭味排山倒海——浓稠的，新鲜的，充斥着氨气，堵塞了我的喉咙，在走进去之前，我不得不先喘口气。

我进去时，克莱尔正从两头奶牛中间走过来。她一手提着一个有三条腿的凳子，一手拎着一个装满牛奶的桶，上面还浮着一层厚厚的泡沫。她身上穿着一件破旧的斜纹粗棉布外套，旧得几乎成了碎条。她冲我笑了笑："你能起来走动啦——感觉好些没有？"

我点头。"不过是头上撞了个包。"我看着奶牛，"薇薇安在吗？"

"那边儿，倒数第三个。"她抬手一指，"别再靠近它的屁股啦。"

她从我身边经过，走进门旁一个小房间。哈里斯跟着进去。我转身要走，但是又停下来。路易正在挤奶，他坐在奶牛后面，手向上够着奶牛的肚子。还有一只大猫，比我见过的所有猫都大得多，它蹲坐在自己后腿上，静静待在路易身后的过道上。在我的注视中，路易把一股牛奶朝猫嘴方向滋过去，此时此刻，那只猫飞快张嘴把牛奶吞下去，同时，两只爪子在空中挥舞着。

克莱尔把牛奶倒进小房间里，倒完又走出来。哈里斯从门边朝四周看了看："来吧——你不想看看这个吗？"

房间里有一台机器，装着两个龙头，一个往一只大牛奶罐里灌，另一个往一只又高又细的桶里灌。这个装置的顶部有一个装满牛奶的大不锈钢盆，盆的一侧装了一副木手柄。

"这是一个分离器。你把牛奶倒在上面的盆里，然后转动手柄，就会从一个龙头里得到奶油，从另一个龙头里得到牛奶。"

"真的吗？"

"真的。"哈里斯又咳嗽，吐痰，"很有趣儿——你想试试吗？"

"当然……"

我握住手柄，开始转动，或者说，试着转动。但手柄似乎卡住了，它拒绝被我转动。"动不了啊。"

"当然动得了。就开始的时候慢。再使点儿劲儿，直到它呜呜响起来——然后就容易了。"

他和我一起握住手柄，帮我一块儿继续用力，结果证明他是对的。转了十到十五圈以后，它就开始呜鸣叫了，再后来就变得简单了，只要让它继续转下去就行。

继续转。

继续转。

哈里斯一直等到可以轻松转起来才离开，而后立马没了影儿。不出十分钟，我便嗅到一股卑鄙小人的味道。十七头奶牛，四个人——克莱尔、格兰尼斯、克努特和路易——用手挤出来的所有奶，所有这些奶牛，挤出的每一滴奶，都要经过这个分离器。

这个我不停转动的分离器。

每一次，他们四人中谁的桶满了，就会来这个小房间，把挤的奶倒进分离器里，所以上面那个大盆中，牛奶的高度似乎从没降下来过，还没到二十分钟，我就感觉自己的胳膊要累掉了。这时，我还不能放松下来，总有种紧张感——那些牛奶，像河水一样滔滔不绝的牛奶，源源不断地倒进来，我总在担心，如果我不继续转下去，他们还是会继续往里倒，最后牛奶就会从分离器里溢出来。

地上的牛奶罐快要装满了,我正担心漫出来的时候,克努特走进来,他把一桶牛奶倒进分离器,又用一个空罐子替换掉下面那个装满牛奶的罐子,全程都没说一句话。我忽然意识到,自从昨晚我过来之后,就没听他说过一句话。

整个挤奶和分离奶的过程持续了大概两小时,而我却感觉仿佛有一辈子那么长,那是无穷无尽浮着泡沫的牛奶洪流,一股股滔滔不绝的牛奶浪潮。最后,正当我觉得两只胳膊再也动不了了,想要换脚试试的时候,哈里斯回来了,他冲过来抓住手柄。

"该我了。"

他的时机把握得简直完美。克莱尔提着半桶牛奶进来,把牛奶倒进分离器上面的盆里,冲我笑了笑:"就这样了——这是最后一桶。来点儿点心吧?"

我瞪着哈里斯,意识到他对我做了什么——我的胳膊无力地垂在身体两侧,它们好像变得太长了,我感觉指关节都快要拖到地上了。

"点心?"

她笑了:"当然。你不会以为我们就吃早餐吧?天哪,那样,我们可要累惨了。"

哈里斯做完最后一点儿分离工作,把牛奶罐和奶油罐放在小屋子后面的大水箱里降温,然后大家走回屋里。

哈里斯和我走在大人们还有格兰尼斯后面,我环顾四周,寻找可能再次出现的厄尼。哈里斯看见了,摇头说:"有大人,它才不来呢——它全身通黄,一眼就能看见。它就是个该死的懦夫。"

啪一声。格兰尼斯连一根针掉在地上的声音都听得见,她转过身,朝哈里斯的头打去,一边继续和克莱尔说话,还一边大步走着。

房子里,格兰尼斯清洗了所有的分离部件——圆盘、锥角和加重轮,然后把它们挂在走廊的绳子上,在阳光下晒干。克莱尔则去准备"点心"。

那是一大煎锅的土豆片，昨天晚上已经煮好当晚饭吃过，现在用新鲜的油拌着胡椒粉炸着吃，还有一个堆满培根和两打煎蛋的盘子。

和早餐时一样，克努特一声不响地坐着，拿杯子喝着咖啡。我开始怀疑他到底会不会说话了。路易和哈里斯则在食物一端过来时就开始你争我抢。

路易的吃法很不同，但依然引人注目。他不用叉子，而是把盘子举起来，用刀子把几块食物扒拉进嘴里，然后再次以某种方式张大喉咙，把几乎所有东西都囫囵吞下去。

吃完点心，路易用一块面包擦掉公盘、他自己的盘子、我们的盘子上的还有煎锅里的油，然后像之前吃煎饼一样，把面包塞进嘴里，用嘴唇把油脂挤到胡子上，让油顺着下巴流下来——等他都吃完，我向后一靠，尽量不让自己吐出来。食物是非常美味的，可我吃多了。我觉得很撑，很认真地想要回去睡一觉，虽然这会儿才是我往常起床的时间。我确信，我动不了了。

"走吧,"哈里斯说,"我们出去玩儿。"

他跑出门。

我犹豫了一下,不知道自己还能不能站起来。克莱尔则误会了我的迟疑。

"别担心,亲爱的——去玩儿吧。中午吃饭时我再叫你。"

我点点头,摇摇晃晃地走到门口,听见克莱尔对克努特说:"我喜欢胃口好的男孩,你呢?"

4

宣战吧,
为了荣誉

在通往院子的大门前,哈里斯停下来。院子的围栏用竖起的木板条钉着,间隔拉着方孔牧羊围网。他站在那里,朝院子里打量。

谷仓附近,厄尼正和其他鸡待在一块儿,啄食着,追逐着。哈里斯见状点点头:"很好,它很忙。你想玩儿战争游戏吗?"

我看着那只公鸡:"你是说,和厄尼玩儿?"我不太确定哈里斯所说的"战争游戏"是指什么,也许和我理解的不一样。在我的游戏里，会设置一些假想敌，然后和他们战斗——不过，我很确定的一点是，厄尼不会去抓逃犯，而我也不打算和它一块儿玩儿，除非我手里有挺机关枪。

"才不呢，和猪玩儿。假装这些猪是日本坏人，然后偷偷靠近它们。你知道吧，只是假装而已。"

"日本坏人？"我在菲律宾住过，那是日本占领菲律宾一年后，我了解那种把日本人当敌人的想法，但我还从没听说过"日本坏人"这种叫法。"是什么意思？"

"路易这么叫他们。"

"叫猪吗？"

"不是。路易差点儿就去打仗了，他说他要打日本坏人，所以我就管这些猪叫日本坏人，然后跟它们打仗。"他朝谷仓走去。"走吧。我这儿有枪。"

他指的"枪"，是两块窄窄的板子——其中一块是他上次用来打厄尼的。当然了，只要你往里加点儿想象力，它们就能当枪使。我一直警惕地盯着那只公鸡，直到哈里斯发现，冲我摇了摇头。

"别担心。如果你已经发现了它，它就不会找你的麻烦。只有看不见它的时候，你才要多加小心。"

于是，我们向猪群宣战了。哈里斯在右，我在左。我还留着一只眼睛盯着厄尼，以防它临时决定加入战斗。

我们的敌人完全不知道我们的意图，至少我是这么认为的。它们把自己埋在泥巴里，鼻子上沾满猪食，肚子呼呼地起伏着，发出快乐的哼哼声。一个猪圈里关着三头母猪，另一个猪圈里关着一头母猪，外加十来头小猪崽儿，如果它们愿意，随时都能从围栏上跨出去。

"瞧瞧它们，"我们进攻时，哈里斯低声说，"这些肮脏的日本坏人躺在那儿，还以为自己得到了全世界。"

我点点头。"肮脏的坏人。"这说法至少有一部分是对的。说不定，它们比路易还脏。

"你准备好了？"

我又点头，靠想象在我的木板步枪上拉了下枪栓。"准备好了。"

"我往右，你往左。"哈里斯蹲下身，举起枪，一小步一小步地慢慢走过去。

"往左……"我重复着，模仿他的样子。

我的失误在于太紧张了。我不确定接下来会发生什么，也许是在接近敌人的路线上突然出现什么东西，然后在它们就要跑掉之前，用猛烈的炮火将它们全给轰了。但我有很好的想象力，没走出两步，它们在我眼里就不再是猪了。它们是想统治世界的日本坏人，而我们，则是它们邪恶的野心与捍卫正义之间唯一的存在。此时不管哈里斯做什么，我都会支持他，会跟随他。

而哈里斯想的，却是肉搏战。

离猪圈十英尺远时，哈里斯回头看向我，眼睛里闪着奇怪的光亮，有些疑惑地朝我轻轻挑了挑眉毛。

我点点头，准备跟上他，准备应对所有的一切——时刻准备着。

他挥动手臂，做了个标准的步兵动作，示意我跟上。然后，他便爆发出一阵尖叫。

"啊——啊——呀——呀——你们这些日本坏人，去死吧！"

他把木板扔到一边，拼命朝围栏冲过去，跃过低矮的板墙，伸展开身体，呈大字形扑向那群母猪。

如果后来有人问我，是否真的打算跟随哈里斯跳进猪圈，我肯定会否认。离猪圈五十码远都能闻到猪屎味儿。但这是场战争。我的想象力控制了我，在这种强烈的感觉中，我实在是太投入了，不知道自己在做什么。于是，我落在他身后不到两英尺远的另一头母猪身上，发出一阵阵尖叫。

可能这些母猪以前从没被当过日本坏人——尽管自从这里有了哈里斯，它们恐怕没少被迫参与类似的娱乐活动。还有一种可能是,哈里斯以前从没像现在这样扑过去,而且一边尖叫,一边想象着用刀捅它们。虽然,再说一遍,虽然哈里斯一直住在这儿,也是很难说的。但我敢肯定的是,这群母猪从没被两个挥舞着想象中的刺刀的男孩跳到身上,所以它们拼了命地用最大的嗓门尖叫着,死命挤出肺里的最后一丝空气。

结果是灾难性的。猪粪和泥浆飞溅到三十英尺高的空中,似乎把太阳都遮住了,而且伴随着我犯下的一个可怕的错误,我学到一个基本的物理学知识:一个较轻的物体,比如一个下落的100磅[①]重的男孩,是不能指望着把一个更重的物体撞开的,比如一头300磅重的母猪。除此之外,我还学到,一头泡在泥浆里的母猪实在是太滑了,你很难用手抓住它。最后一个知识,这群母猪只是看上去睡着了,实际上它们是醒着的,可以在一秒钟之内就做好准备,投入与任何一

---

① 磅,英美制重量单位,1磅约等于0.454千克。——编者注

种力量的战斗。

我们压根儿没机会赢。

我砸在一头母猪身上,抓着,舞着,滑着,摔着,然后被一只蹄子踢在背上,跌进了泥浆和猪屎里。从一只眼的余光中,我看到哈里斯也遭到了同样的对待,不过,他在落地的过程中仍然打得很好看,左冲右刺的。然后,我们全输了。

实际上发生了什么,现在已经记不清了。我爬起身,哈里斯也爬起身;我倒下去,哈里斯也倒下去;我们被推着,揉着,踢着,打着,被抛起来又掉下来,跌进粪堆里,滚成泥粪球,又像垃圾一样被扔到围栏外面。

"我眼瞎了!我看不见了!"我尖叫着,感觉眼皮下进了猪屎,"你在哪儿?哈里斯!"

有什么东西抓住了我的手,猛地拉我一把。我赶紧往回收,还以为是一头母猪抓住了我。

"是我,"哈里斯在我耳边叫道,"走吧,我们赶紧去河边。"他哈哈大笑起来。"你看起来像一摊巨大的猪粪。快，我们快去河里吧。"

这里还真有条小河，比小溪大不了多少，沿着农场流淌，形成一道道浅水潭。哈里斯拉着我的手，拖着我穿过牧场的篱笆，走过不时绊倒我的坑坑洼洼的地面，然后跌进三英尺深的冷水中。

我像条鲸鱼一样沉下去，不停晃着头，嘴里也有泥，直到我感觉喝到的是水了，我才浮上来。

哈里斯站在岸上，浑身湿漉漉的，不停地用拳头使劲儿地砸着地面。他笑得太厉害了，我都担心他快窒息了。

"这并不好笑。"我说，"我想我吃进去一些猪屎。"

"敏妮……"他强忍着笑，努力把话说出来。

"你砸在敏妮身上时，它差点儿死了……"他又笑得说不出话了，用力地喘息着，我一想到我落地时砸到的那头母猪——显然就是敏妮——想起它那对小猪眼——它抬起眼睛看着我——我先是微笑，接着也咯咯地笑出声来。很快，我们俩就在河岸边打起滚，一直笑个不停，直到我听见克莱尔的声音从房子那边传过来。

哈里斯翻个身，站起来说："走吧。"

"什么事？"

"吃早午饭，"他回头冲我喊道，然后就朝房子跑去，"上午的午饭。"

"可我们几分钟前刚吃过。"

"没有。都快一小时了，也许更久。来吧，你想让路易把蛋糕全吃光吗？"

这顿饭不像两顿早餐那么丰盛，有维尔维他①干酪片、一些自制面包、肉片（后来我发现，这些是熏鹿肉）、泡菜，还有放在一个长方形金属锅里带巧克力霜的大蛋糕。

食物都在桌子上放好等着我们，问题是，路易

---
① 一种美国奶酪品牌。——译者注

已经在那里大吃起来了,所以当我们到达的时候,已经不见了许多三明治,还差不多有半个蛋糕也没了,而路易坐在桌旁,身上撒满了面包屑、奶酪末和蛋糕渣。克努特在喝第二杯咖啡了,他的双眼盯着桌子。我们静静地吃,站着吃,身上还滴着水,每个人都是一手拿着个三明治,一手拿着块蛋糕。

没人问我们为什么全身湿透了,也没人问我们刚才去干什么了,我觉得这样很奇怪,直到我想起来,他们跟哈里斯相处的时间可比我长得多,恐怕对这些早都习以为常了。

"东边四十英里可以割草了。"

有那么一阵,我没听出来是谁在说话,也许是上帝吧。低沉,还很洪亮,我甚至抬头朝屋顶看了看。然后我意识到,是克努特。我目不转睛地盯着他,但似乎其他人都没注意到,而克努特还是坐在那儿,喝着咖啡,眼睛盯着桌子上的同一个地方。不过他的话似乎让哈里斯很兴奋,只见他一面吃着蛋糕,一面走出房子。

我舔着手指上沾的糖霜,出去跟上他,在他停在大门旁确认能看见厄尼的时候,我抓住他。

"怎么了?"

"爸要去割草了。"

"所以呢?"

"所以,我们可以跟着队伍骑马啦……"

"噢,"我完全不知道他在说什么,"好啊!一定很好玩儿。"

"……还有,可以捉耗子。"

"耗子?"

"伙计,"哈里斯摇了摇头,"你又没听说过,对吧?"

5

遇见"锯子",
了解团队合作的价值与安全性

哈里斯带我去了牛棚,其实我们刚刚就来过这里,这次克努特也来了。他走到两扇打开的后门前,平静地说:"比尔,鲍勃,现在,来吧。"

我们站在他旁边,有那么一瞬间,我没搞清他在跟谁说话。接着,河边的一片杨树林里,两匹高大的灰马走出来,走到开阔地带上。

我在菲律宾住的时候见过马,在我看过的每一部西部电影中也都见过马,我知道它们能骑。但是,眼前的鲍勃和比尔，可算得上是两个庞然大物了。

它们不仅体形巨大，而且简直就是史前动物——是披着毛的恐龙。只见它们步履悠闲地从河边溜达过来。当它们靠近时，我能清楚地看到，它们身上几乎没什么脂肪。它们的后背上、肩膀上，皮毛的下面，都是大块大块的肌肉。

它们浑身上下的每个部位都是超大号的。克努特站在牛棚旁，那两个巨大的马头朝他垂下来，用鼻子蹭他的手。巨大的圆形马蹄一直陷入牛舍外的泥地里，望着它们那双硕大而深情的眼睛，不知怎的，我竟然想要过去抱一抱这两个大家伙。

克努特转身朝牛棚走去，两匹马就像两只小狗一样，跟在他后面。靠近前门的地方，有两个挨着的畜栏，比尔和鲍勃走了进去。马槽边上钉着个不大的木饲料盒，克努特提着满满一桶燕麦从水泵房出来，给它俩往饲料盒里各倒了半桶进去。

门旁钉了些铁钉，挂着用大块皮革和链子做成的环状物，在上面绕了好几圈，还有圆形的像颈圈一样的东西。我以前见过这些东西，但没认出来是什么，也不想问，因为我不喜欢让自己看上去像个傻瓜。

克努特取下颈圈，在马吃东西的时候，把它们套在马脖子上，然后就用那些皮革和链子往它们身上套，这时我才意识到，这些全都是马具。

克努特忙活时，哈里斯就围着马团团转。他从马下面爬过去，又从马身上探过来，把皮带的一头递给克努特。两匹马就那么安静地站着，即便哈里斯弯腰从它们后腿之间走出来，走上过道，站在我旁边，它们也没有动一动。

克努特静静地站着，等它们把燕麦吃完。然后，他松松地抓起两匹马的缰绳，站在两个马头中间，带着它们退到过道上，再牵着它们走出牛棚，来到谷仓旁的那排机器前。

在我看来，它们并不真的需要他牵着走，它们很清楚自己要去哪里，要做什么。走到据我所知是台割草机的机器旁时,它们还自己主动转了个身,然后朝后退,分别站到一条长长的木舌头两旁,摆出一副"我可以拉草了"的架势。

克努特把它们的缰绳挂到一条与割草机相连的大横木上,然后把木舌头抬起来,与横木接上,将两匹马连到一起。

"走吧!"哈里斯说,我吃惊地发现他拿了个不知从哪儿捡来的空饲料袋。"我们得上去了。"

"上哪儿?"

"上马……"

哈里斯爬上割草机,跳到两匹马之间的空隙里,顺着木舌头跳上去,直到与马的肩膀齐平。然后,他抓住马颈圈上方卡着的两个角,爬了上去,骑到右边那匹马的马背上。

"来吧,"他说,"你骑比尔。你不想给落在后面吧?"

说实话,我就是这么想的——与其爬上有卡车那么大的马的背上，我当然宁愿落在后面。但此时我的虚荣心占了上风，我迟疑地爬上割草机，朝左边的比尔挪过去，小心地跨出一步，踩上木舌头，再顺着木头往上爬，直到我能够到比尔的肩膀。它长得太宽阔壮实了，我在跨过去时，好像两条腿都在一条直线上了，我甚至能感觉到它的呼吸，就在我下面，像个温热的风箱，大量的空气进来又出去，肩膀也跟着缓缓起伏。

地面似乎到了离我几英里外的地方，突然，一阵当啷啷的撞击声响起，马身开始轻轻移动了，我抓住马颈圈上有角的地方，感到有些绝望。

"别抓着马嚼子，"哈里斯说，"把腿抬起来，放到缰绳底下。你要是坐在缰绳上，爸就不能赶着它们走了。"

我转过身，克努特把刹车用的镰刀杆拉起，几乎竖直起来，然后用一根杠杆似的东西把它撬住，耐心地等着我按哈里斯说的去做。

"我们得抓紧了。"我调整腿的位置时,哈里斯对我说。

终于,我的两条腿从所有绳索、带子和环套中解脱出来。"在锯子知道我们要走之前,我们得离开院子……噢,天哪,完了。已经晚了。"我刚整理好,正要问"锯子"是谁,就在这时,我眼角的余光瞥见一只猫,只见它走到牛棚门口,坐下来,看着我们。"你是说这只猫?"

哈里斯点头:"我们出门的时候,最好别让它看见。"

之前我偶然见过这只猫,挤奶的时候,路易还把牛奶滋进它嘴里,不过那会儿对于它到底多大,我还没有概念。实际上,它的体形跟一只柯利牧羊犬差不多,可能还要稍大一点儿。它的两条前腿很长,脚上长着巨大的圆形脚垫。两只耳朵每一只顶端都有一簇脏兮兮的毛,身上的毛发间或点缀着一些斑点,大致形成一道道斑纹。

克努特带领队伍，朝牧场围栏的一扇门走去，正好要经过牛棚门前。哈里斯朝两匹马之间的空当靠过来，小声跟我说话。

"你不会想碰锯子的。"

我点了点头："你说得没错。我还真不想碰它。"这样说感觉有点儿古怪，因为锯子就在下面的地上坐着，而我感觉自己好像在八英尺高的空中。

"它可不是普通的家伙，别不把它当回事，"哈里斯继续说，"有一年春天，路易正在树林里砍木头，发现了它。那会儿锯子还是一只小奶猫。路易把它装在口袋里带回来。现在，它长大了。"

"我猜它……"

我还想再多说点儿什么，但我们马上就到门口了。那只猫突然跳起来，毫不费力地跳到我骑的那匹马的屁股上。

我吓了一跳，以为马会有反应，可结果什么也没发生。比尔还是慢吞吞地走着，锯子则坐在它的屁股上，微微探出身子，绕过我朝前看。

"不管它做什么，你都别碰它，"哈里斯一再叮嘱我，"只有路易能碰它。除了路易，锯子对别人的触碰，可能反应有点儿暴躁。"

我点点头，小声对他说："它为什么要跟我骑同一匹马？"

"它喜欢跟爸去割草，这样一来，它就能抓到老鼠了。所以我才想溜出去，以免被它发现。有它在，我们就很难抓到老鼠了，它的动作太快了。待会儿，我怎么做，你就怎么做。有时候赶上它睡着了，我们就可以不带它去，但如果让它看到割草机，它就知道我们要去干什么，然后就会跟过来，让所有人跟着遭殃。"

我不清楚锯子会让我们遭什么殃，就像是我不明白，我们为什么要去抓老鼠一样。在我看来，让锯子去把它们都捉走好了。

克努特已走到大门口，他停住步子，这时哈里斯跳下马，打开门，等我们过去，又把门关上，在我们往前走动着的时候，哈里斯又重新爬回鲍勃的背上。

一过大门，克努特就领着队伍转弯，沿车道旁的篱笆慢慢朝大路走去。我警惕地回头，看了看锯子，不过那只大猫就只是坐在那里，随着马往前一路走，看看天空，还有那些飞翔的鸟儿。

走了不到四分之一英里，我们来到一片长得密密麻麻几乎齐腰高的紫花苜蓿前。克努特在田角勒住马，放下镰刀杆。他从割草机座位下的小支架上拿了一罐油，沿着镰刀杆洒了一遍油，然后坐下来拨动一根杠杆，把离合器接合起来。

哈里斯翻身下马，示意我也下来："我们现在得走到割草机后面，去抓老鼠。"

终于，还是来了。我忍不住问："那个，哈里斯，我们为什么要抓老鼠？"

"为了钱呗。"

"什么钱？"

"路易给钱。我们给他两只老鼠,他就给我们一便士。当然了,不包括锯子。路易不付它钱。这没什么不对,因为它会把老鼠都撕碎了,不撕碎决不罢休。去年夏天,我想从它那儿拿一只,好去换钱,结果它差点儿杀了我。所以我说,你不要碰它,也不要去拿它的老鼠。"

"我不拿。"

我刚要问,为什么路易要花钱买老鼠——看他吃下第一顿早餐、第二顿早餐以及一顿午餐,我心想,说不定他想要吃这些老鼠。就在此时,克努特双唇噘起,发出一阵刺耳的哨声,那两匹马拖着割草机开始朝前走了。随着割草机向前移动,离合器打开,转轮带动镰刀把前后来回动起来,锋利的三角形刀片迅速地前后切割,像剪刀一样把干草割了下来。

我和哈里斯站在后面,看着干草落在镰刀杆上。这个操作令人着迷。刀片一路切割,沿着它的路线,紫花苜蓿不停地掉落下来。

"来吧。"哈里斯跟着镰刀把往前走了差不多八英尺,"现在,盯着它们,要一直盯着……"

我更欣赏锯子的表演。它走在哈里斯和我中间,小心翼翼,一步一步地走,仔细察看前方刚刚落下来的草秆。突然,它猛地跃身而起,划出一道弧线,落地时双脚插进草丛中。当它收回一只脚掌时,上面有一只老鼠,用爪子尖钩着。它递给我一个充满威胁的目光,然后把老鼠扔进嘴里。如果说它嚼了嚼,也只是咬了一下,然后就吞下去了。

"是老鼠,"哈里斯说,"看到了吗?刚才那可是半便士。总是它先抓到。我想它能听到老鼠的动静,要不就是有其他招儿。"

他挥手示意我跟上,我往前一步,避开了锯子。哈里斯还没走出两步,就纵身一跃,向前跳下,一把抓住干草,然后举起一只手,里面有一把草,还有一只老鼠。"抓到一只!"

我点点头,注意到锯子也在盯着他,还带着一种淡淡的宣告所有权的感觉。我很好奇,它是怎么判断哪只老鼠是别人的,哪只又是自己的?

眼下这并不重要。倒在镰刀杆后面的苜蓿太厚了,我真是搞不懂,哈里斯和锯子是怎么发现这些老鼠的。

我继续往前走。这会儿,哈里斯又抓到两只,锯子又抓了三只,我还是一只没抓到。哈里斯开始冲我投来明显瞧不起的眼神,我暗下决心,要抓紧了。我刚往下看过去,就发现一个小小的影子,正慌乱地在草里跑过。

"找到一只!"我大叫,朝它跳过去,但是跳得有点儿早了。我没抓住,眼看着它转了个身,就伸手再朝草里抓过去,我能感觉到老鼠在我的手里扭动身体。我抬头,对上锯子的脸,它正用那双黄色的大眼睛瞪着我。只见它目光锐利地往下看一眼老鼠,又抬眼看着我的脸。

我点了点头——"是我的错"——然后把老鼠扔

出去，给了它。它在半空中抓住老鼠，把它整个吞了下去。

"呀哈，得了吧，"哈里斯哼了一声，他一直在监视着整个过程，"这不公平——这只不应该是它的。它这是在跟你抢老鼠。"

"还好啦。我不在乎。"我说的是实话，它那样看着我，它要什么，我都会给它。

"别轻易放弃——你让它抢走的可是半便士。"

"你说过，不要拿它的老鼠。"

"好吧……别轻易就放弃了。它并不拥有整个世界。"

我冲哈里斯点点头，接下来我们忙活了一个上午。哈里斯抓了不到三十只。我的成绩可不咋样，首先，因为我没学会像哈里斯那样，准确地找到它们；其次，是因为锯子。我们勉强达成了一项协议，也就是说：如果我抓到一只老鼠，它想要的话，我就给它。结果是，它想要我抓的老鼠中的三分之二，所以当克努特站在一棵大榆树的树荫下说"吃晚饭了",然后把队伍集合起来的时候,我的袋子里只有六只老鼠,值三便士。

"我干得不咋样。"我说。我们在树荫里坐下来,等格兰尼斯和克莱尔给我们送晚餐,其实我更愿意称它为午餐。"是锯子。它不停从我这里要走老鼠。"

哈里斯点点头:"它就是个骗子。说起来,它的名头就是这么来的。"

"什么意思?"

"去年,有人送我们一只老柯利牧羊犬。它根本就没打扰到锯子,可锯子不停从狗那儿要食物。有一天,狗实在受不了了,就在它的小腿上咬了一小口。后来,它就有了这个名字。"

"因为咬了一小口?"

"才不是呢——它把狗给杀了。路易说,那狗就像被锯子给锯了一样。所以,我们管它叫锯子。继续喂它老鼠吧，一会儿它就吃饱了。"

我们靠着岩石坐下。克努特给两匹马取下缰绳，一边揉着它们的耳朵，一边对它们低声说话。两匹马则吃着一旁的苜蓿。我喜欢听它们咀嚼的声音，这让我感觉这些草好像很好吃。

克努特卷了一根烟，向后一靠，深深吸了一口。在田野的另一头，我看到格兰尼斯和克莱尔走过来，她们两个抬着一口双柄炖锅。

哈里斯站起身："起来，我们去帮帮她们。"他跑着穿过田野，我跟在后面，我们接过格兰尼斯另一只手里拎着的水桶。

"小心点儿，别洒了，"格兰尼斯说，"刚够两匹马喝的。"

"小心点儿，别洒了，"哈里斯模仿道，声音像唱歌一样起伏着，"刚够两匹该死的马喝的。"

啪，他又挨了一下打。

他有点儿忘乎所以了。我们从格兰尼斯手里接过水桶后,她就解放了右手,伸过手去拍他的后脑勺。

"看你这张嘴……"

他很淡定地说:"你试过吗?看你自己的嘴?这是不可能的。没有镜子,你就看不见自己的嘴,而我没有该死的镜子……"

啪,又是一下。

接着,我们沉默着往前走,一直走到马旁边。我觉得格兰尼斯总打他是有点儿过分的。他骂人的话张口就来,就跟我在菲律宾听到士兵骂人时一样。脏话是他的一部分。这就好像是因为呼吸而打他。不过,他对挨打这事似乎满不在乎。

马喝水时就像吃东西时一样。它们的声音听起来好像水很美味。我们把桶里水的一半给了比尔,另一半给了鲍勃。喝完水,它们就淌着口水,卷起舌头舔着嘴,走回去吃草,我们也在一旁开始吃饭。

克莱尔和格兰尼斯把相当于一顿全套晚餐的食物都放进了炖锅里。有黄油面包片、乳酪、一大锅炖牛

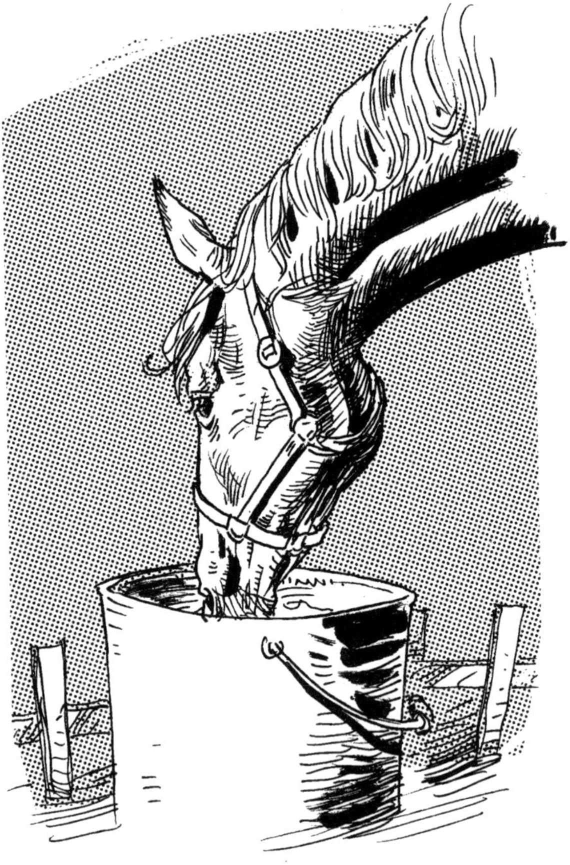

肉、一整张圆饼、三夸脱大黄酱、一大碗曲奇饼干，外加两个用厚厚的包装袋裹起来的两夸脱容量的大瓶子——一个里面装满了冰牛奶，另一个装满了热咖啡。

我原以为吃过两顿早饭和一顿早午饭，自己应该还饱着，没想到这会儿居然还真有点儿饿了，就又跟哈里斯和克努特一起吃起来。食物太好吃了，我嚼得下巴都疼了。

克莱尔和格兰尼斯都不吃东西，她们只是坐在那里，边捡草边轻声聊天，看上去轻松而愉悦。每过一会儿，格兰尼斯就会轻轻地笑起来，脸上泛着红晕。克莱尔则用手指戳着她笑。

克努特则向后一靠，卷了根烟，又把它点上。我们也吃完了，哈里斯咚的一声往草地上一倒，打起嗝儿来。

"饭很好吃。"克努特对克莱尔和格兰尼斯说，带着一种恭维。他似乎还想说些什么，但还是停住了，看着一只老鹰低低地飞到新割过的草地上。我发现克努特经常会这样，总是好像要说些什么，但又不说出来。

"我喜欢野炊，"哈里斯道，没有特别冲着谁说，"特别是路易不在的时候，你不用为了那些吃的，见了鬼似的去抢。"

格兰尼斯正坐在草地上看马，离得太远，没法打他，但她转过身，朝他扔了一把土："小心你的舌头！"

哈里斯轻松地就躲开了，笑了笑。我在田地边的草上背朝下躺倒，看着天上飘过一小团一小团的云朵。旁边传来一阵嘈杂声，引起我的注意，我转过身，看见克莱尔正从炖锅里拿剩下的肉喂锯子。

她小心翼翼地用拇指和食指捏起肉，锯子则优雅而小心翼翼地，用它巨大脚掌上的一个锋利的爪子尖儿，从她手指间把肉挑过来，放进自己嘴里，就像之前吃老鼠时那样。

"它是什么品种的猫?"我问。

克努特笑了笑,但没说话。

"我们在一本杂志上见过一只和它很像的猫,"哈里斯说,"那是什么,妈?是什么品种的猫?"

"是猞猁,"克莱尔说,"一只又大又老的猞猁宝贝儿……"她的声音变得轻柔起来,看得出来她很想爱抚锯子,但她没有去碰它。她不再喂它时,它就走开了,继续在苜蓿地边上寻找更多的老鼠。

过了一会儿,克努特把香烟撕开,把里面剩下的烟丝放回袋子,然后站起来。两匹马看着他,等待着,他就又给它们在割草机前套好,自己坐回座位上。午餐随之结束了。

哈里斯拿起了那袋老鼠,起身走到割草机后面。我也跟着过去。接下来的整个下午,我们都在这里度过。

我又捉到七只老鼠,哈里斯大概又捉了四十只,锯子自己捉了六只,还找我要了十四只——它似乎一直都没吃饱。我们又吃了饭——格兰尼斯和克莱尔带来了蛋糕、牛奶、咖啡和肉饼、有肉的三明治。随后就到了傍晚，我们骑马回牛棚，正好赶上帮忙挤奶、分离奶液。这一次，哈里斯在分离器那儿干了有一半的时间，因为我太累了，几乎连走都走不动了。

我依稀记得晚上又吃了一顿大餐——眼看着路易吞下好像一整只鸡的东西，连骨头一起——以及成堆的土豆泥、肉汤、饼干，还有沾满鲜奶油的派当甜点。但是我太累了，感觉一切都是模糊的，所有东西似乎都迷迷糊糊地混到了一起。

夜宵后——我本想称之为晚餐的，似乎是一天当中的第十顿饭，但实际上，只是第六顿——每个人都走进餐厅或是客厅里，坐在椅子上。此刻，墙上的钟表嘀嗒作响，而我则面朝下趴在桌子上，开始睡觉。我的眼睛真的睁不开了。

"怪可怜的，"克莱尔说，"他可累惨了……"

我感觉有人把我抬起来，我还闻到了克努特身上烟草的味道，随后我被抬到二楼，放在我的床上，没脱衣服。我踢掉鞋子和裤子，躺进黑暗中，各种事情就开始在我的脑袋里旋转起来。

我今天被踢到了下体，撞到了头，在分离器旁奋力工作，累到两条手臂都快要掉下来，勉强躲过和一只狂躁公鸡斗争的灾难，在猪粪泥浆海中和日本坏人摔跤，骑了一匹有恐龙那么大的马，和一只猞猁之间建立起松散的关系，吃了得有十八或者二十顿饭，还有，为了上帝才知道的什么理由，帮忙去捉老鼠。

而这，还只是我到来的第一天。

我试图睁开眼睛。（倒回床上时我听见哈里斯进来了，此刻我急于想知道答案：路易为什么要那些老鼠？）但这是不可能的。我的眼睛实在睁不开，一阵阵的疲惫像一列柔软的火车向我呼啸而来，我睡着了。

6

我学到更多物理知识,
 包括抛物线轨迹,
 还发现了文学的价值

在这里住了一个星期,每天的生活节奏就形成了。我和哈里斯,还有拉尔森一家,就这么度过了一整个夏天,每天都一样:天不亮就起床,看路易投喂自己,并试图跟他抢食,去牛棚帮忙处理牛奶——路上还要防着厄尼。处理完牛奶又吃饭,然后惹上一身的麻烦。

我们并不想惹麻烦。事实上,哈里斯和我根本没想要惹什么麻烦。只不过我们想做的好多事,好吧,也许是我们想做的所有事——似乎都在不同程度上给我们带来始料未及的麻烦。

这一理论有个很好的例子，就是那本《人猿泰山》漫画书。

这些都是我的财产，除了那些"脏片儿"，我还收藏了大量漫画书。其中有些不咋样。比如那两本《惊奇队长》，我就不怎么喜欢。但有一些是比较好的漫画书，包括《超人》，几册好看的《唐老鸭》，还有几册真心不错的《真实战争》，这些都是我的最爱。其中就包括《人猿泰山》番外版，讲的是泰山在失落的恐龙之地发生的故事，他训练了一只三角龙，还骑在它身上用棍子抽打它的鼻翼。

哈里斯和我一样热衷于看漫画。等到后来发现了那些"脏片儿"，他对漫画的兴趣稍微减退了些。但在第一周结束时，他还没发现那些"脏片儿"，只看到了漫画，其中就包括《人猿泰山》。他的阅读能力没我强，但够用了，而且图片给他提供了足够的信息，可以填补空白。

"这家伙可真了不起！"他说着，合上漫画书。我们此刻坐在敞开的谷仓门口。我密切地注视着厄尼，足有十五分钟没见到它了，按照往常，这是非常糟糕的情况。我本人已经被厄尼攻击过好几次，最厉害的一次是在厕所里。厕所正对着河，远离房子，所以我去上厕所的时候，可以开着门，坐在里面看沿河的风景，这么做是很有趣的。可有一天，厄尼偷偷藏在厕所的一角，然后突然跳到我身上——呃，不得不说，我还算幸运，事发时正在茅坑上，在接下来的战斗中（真的，我当时只想活着走出厕所），整个厕所就好像被炮火袭击了一样。

因此，我总是密切关注着它，每次到院子里去，手里都要拿块木板。

"它似乎从来不碰地面……"

"什么？"

"泰山，"哈里斯重复道，"他从来不碰地面。

就在那些树啊藤啊上面晃过来荡过去,要不就骑在某个巨兽身上……"

"三角龙。"

"……管它叫什么。他还是不碰地面,发现没有?"

我想了想:"嗯,我也觉得他没碰。"

"说不定这是种很好的生活方式,像这样到处荡着走。呦——呦——呦——"

这就是哈里斯身上的闪光点——他相信一切都是真的。他去跟猪摔跤的时候,它们就不是猪,而是真的日本坏人,或是他脑袋里想到的什么东西。

当他看到一本《人猿泰山》的漫画书时,它就不是一个编造的故事。它是真的。他会用一种真实的方式,在一个真实的世界里,在真实的时间里,去想这个事情。唯一一次例外,是我发现了路易要老鼠的原因。

我们割草捉老鼠的第二天,我问哈里斯,路易为什么要买这些老鼠。

"做外套，"他说，"小外套。"

"外套？"

"你最好看看。过来！"

他把我领到谷仓。楼下的木桶里装着燕麦、大麦和一些小麦。楼上是粗糙的木地板，一面墙上搭着一架简陋的梯子，通过一个洞上到楼上。哈里斯像猴子一样爬上梯子，我跟上他，心里努力猜测他究竟要带我去什么地方。

楼上有一块空地，中间放着一张大木桌——长十英尺，宽十英尺，造得很随意，下面是粗大的木桌腿。

"看见没有？"哈里斯说，"这就是路易要老鼠的原因。"

桌子上摆满了小小的人物木雕。一开始我还看不明白。这里有人，有马，有小木屋，有小树，还有许多马队拉着装满原木的雪橇。

"这是一个冬季伐木营地，"哈里斯说，"路易老是在这儿刻东西。"

"哇哦……"简直难以置信。这儿有几十个,不对,有几百个小木人,它们在不同的伐木工序上工作着,有的用斧子和双人锯砍伐小树,有的在建造小木屋,有的坐着小雪橇,还有的坐在小茅屋里。每匹马身上都有灰色的皮毛,许多小木人都穿着灰色的毛外套。"他用老鼠皮做衣服和马毛,"我说,"就为了这个?"

"是呀。挺顺溜的,对吧?"哈里斯晃了晃头,"全是为了这些小木雕。我感觉他这么做是因为脑子里进虫了。他年轻时在橡树叶沼泽挖排水沟时得上的。所以他喜欢捣鼓这些玩意儿,当然了,这些场景都不是真的,都是他脑子里的幻觉。"

这是哈里斯唯一认为不是真实的东西,我却被路易的梦幻世界迷住了。后来我又来过这里好几次,看桌上这些东西,可还是没能全都看完。说实话,我这会儿就想再回到那里,爬上楼再看会儿。不过我注意到，哈里斯正打量着谷仓前的空地，他发现了新的乐子。

我在这里待的时间不长，但我知道，当他脸上露出那种表情时——好像右眼角会微微上扬，让他看起来像个妥妥的小魔鬼，这就意味着，他有新主意了。有时是好主意，更多的时候是坏主意，但从来不会是无聊的主意，都值得去关注。

"你在看什么？"

"我在想啊，"他说，"要是泰山生活在农场里，他会怎么做。"

"我不觉得他会……"

"你不觉得，他怎么都得碰到地面吗？"

"我不知道他怎么就……"

"或者，你觉得他能在院子里悠来荡去，但就是不碰地面吗？"

他站起身，离开我，绕到谷仓和鸡舍后面，不一会儿，就拖着一根似乎得有半英里长的粗麻绳回来。

"我找过了,"他说着,把绳子扔在我的脚旁,"对我来说,它差不多可以让人脚不碰地从谷仓荡到牛棚的阁楼,再从阁楼荡回干草架上。我们把绳子绑到那边的榆树枝上,再绑到那头儿的橡树枝上。瞧,那儿,看见了吗?如果我们能到达干草架,那儿还有个地方可以荡过河去,只要我们的绳子够长。"

我看着绳子。它看起来很陈旧,旧得都发霉了。

"我不知道……"

"得了吧,你没什么可知道的。我去爬到那棵榆树上,待会儿你把绳子扔给我,我们把它搞定。"

他一转眼就没影了,我还没来得及说绳子恐怕会断掉,他就爬上了树的一半高。

"这里——把绳子扔给我!"他骑在外伸的树枝上,向下朝我招手。这个时候,他看起来就像是在一英里高的地方,我抛了好几次,他才抓住绳子。不一会儿,他就打了八九个绳节,把它绑在树枝上,再把绳子的另一端垂到地上,然后从树上爬下来。

起初我小心翼翼地试了试绳子，然后把全身重量都挂在上面，最后跳起来抓住它。它承受住了我的重量，但有的地方裂开了，绳子拉长了一点儿。

"来，像这样拿着，等我上到谷仓屋顶，你就把它抛给我。"

"你打算怎么上到谷仓屋顶？"我问哈里斯，但他已经走了，身影消失在谷仓里，一阵灰尘从他身后腾起来。

他几乎立刻就出现在谷仓顶上的小窗户前。窗扇向内打开，他身体往外挤了挤，扭几下，直到一半留在里面一半露在外面，然后转过身，伸手抓住屋顶的尖端，拉着上去了。

"把绳子给我。"

我把绳子朝他甩了几次，都甩在了旁边，最后总算离他够近，让他可以抓到了。

"它的工作原理是，我从这儿荡过去，荡到牛棚阁楼的门那儿，然后跌进里面，掉到干草上。"

牛棚的墙上方开了一扇很大的门，可以从那里把干草放进去，储备起来留作过冬用。这扇门大约有七英尺宽，而且是打开的，还给绑住了，好让阁楼能通风。里面是一堆冬天用剩下的干草。

"你确定要这么做吗？"我提醒他。

"你说呢。等我成功了，你也来试试。"

我已经打定主意了，这世上没什么能让我去"试试"的。哈里斯坐在谷仓顶上，看上去就像是在一英里以外。其实，我很想帮他的忙。

他站在屋顶上，摇摇晃晃，光着的双脚抠住屋顶突起的脊部，手里抓着绳子。我目测了一下那条要荡到牛棚阁楼的秋千绳，心里有些怀疑，但还是朝他点了点头，给他信心。其实说实话，我觉得他有可能会成功。

然而，已经犯下的几个错误将改变哈里斯的命运。风的湿度，地球的旋转，老绳子的伸展性，榆树枝的弹性……所有这些，都在计算时忽略了。更糟糕的是，我放下了我手里的木板，而我们俩都把厄尼彻底丢在了脑后。

"他每次都说什么？"哈里斯朝我喊道。

"谁？"

"泰山啊，你个笨蛋。他每次荡起来的时候，不是总要说点儿什么吗？"

"他会大叫一声。"

"怎么叫？"

我模仿人猿泰山叫了一声，也许是某一种版本的叫声。"就像这样。"

"他荡起来的时候吗？"

"漫画书里是这么说的。"

"那好吧。来了！"

他发出一声人猿泰山式的吼叫，抓住那根发霉腐烂的绳子，毫不犹豫地从谷仓屋顶跳到空中。

后来，我们对这"泰山一跃"从各种角度展开了讨论，这一跃也因此有了名声。不管跳多远出去，距离目标实际上还有多远,哈里斯有多在意,以及有多少纯粹就是意外(我觉得,全部都是),争论的焦点之一,永远都是他那声叫喊。

哈里斯声称,他从屋顶荡下来时发出的是真正的泰山式吼叫。我坚持认为,他的脚一离开谷仓,伴随着厄尼的热情出现,他的叫声就变成了恐怖的尖叫,而这也是我突然卷入事件的原因。

现在回想起来,事情并不是在某一个点上崩溃掉,而是有许多小灾难助长了大灾难的发生。

厄尼一直躲在联合收割机下面。我是背对着联合收割机的,站在离那根秋千绳几英尺远的地方,离厄尼潜伏的地方只有不到十二英尺。

哈里斯开始在空中荡起来时,厄尼瞅准了机会,它发现我放下了木板,注意力都集中在了哈里斯的身上。

哈里斯刚从屋顶上跳下来,厄尼就击中了我的后脑勺,骑在我的头上。我往前一冲,差不多刚好挡在哈里斯的路线上。剩下的,就是绳子的拉伸和瞄准问题了。哈里斯在空中转了一下,迎面撞向我。厄尼仍然骑在我的头上,啄着我。我一把抓住哈里斯,只要能摆脱厄尼,我什么都会抓的,于是,哈里斯的秋千带着我,还有对我紧抓不放的厄尼,一起冲上牛棚的阁楼。

——或者本该是牛棚阁楼的地方。在这里,又一次出现了失误。哈里斯最开始跳出时方向略有偏差,靠左了一点儿。加上我的重量和拉力,使他朝左更偏过去,厄尼的扑抓和叮啄也起了同样的作用,所以,我们这一伙远远偏离了阁楼这个预期的飞行路线。实际上,我们完美地瞄准了猪圈。

绳子差一点儿就把我们拉住了。我们都希望如此。如果只有哈里斯一个人,也是能拉住的。但我紧紧抱着他,于是重量增加了一倍。

我们——哈里斯、厄尼和我,划出一道弧线,掉下来,掉进猪圈里,掉在那群一下子惊慌失措的母猪

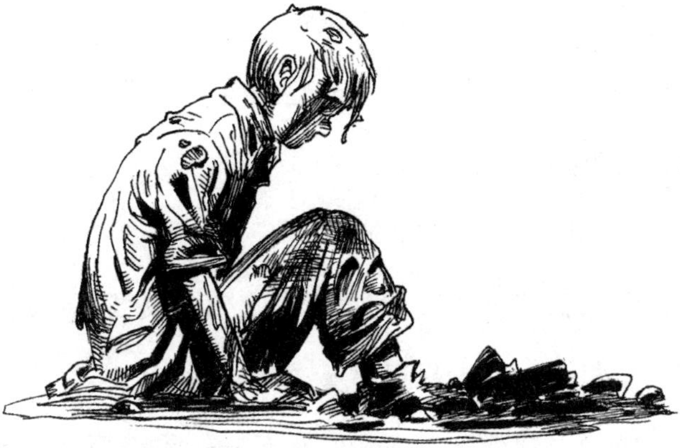

身上。

绳子断了。

我们跌进一摊泥巴和猪粪的混合物之中。有了之前的经验,这一次,我闭上眼睛和嘴巴,在秋千和重力的双重作用下,某种力量把我肺里的空气都挤压出来了,有那么一瞬间,甚至连厄尼都晕了。

我们的突然到访并没有把猪吓晕过去。它们像狂奔的牛一样从我们的身上碾过,碾过来又碾回去,再碾过来,似乎打算把这当成它们的一项日常活动。这时,我听到一个声音说:

"到这儿来,你个笨蛋!"

我用眼角余光看见哈里斯,他真是从不浪费任何一次机会,朝一只母猪鼻子的一侧打过去,再一翻身,骑到了猪背上。在我倒在新一轮纷沓而来的猪蹄下时,我心里想,他看起来可真像人猿泰山骑着一只三角龙啊!如果泰山也穿着背带裤,浑身沾满猪粪水的话,当然像了!

7

我置身这座城市，
遇到银幕的诱惑
以及橘子汽水

夏天昼夜交替着，夜里有萤火虫提着灯笼四处飞舞，房子四周环绕着紫丁香花的香味，等白天再次降临，农场又变回那套完整的生活模式。关于外部世界的任何一个概念，都会迷失在哈里斯构想出的无尽游戏和新主意中。

但是等我待到第二个星期——长到足够让我把生活里的其他东西差不多忘了，我也满足于永远像现在这样玩儿下去——有一天，固有的日常生活突然发生了变化。

实际上,那天差不多还是一样的:起床,提防厄尼,帮忙处理牛奶,然后惹点儿麻烦。这一回,我们惹的麻烦是那个被哈里斯叫作"红印第安人"的游戏。

定义非常重要。我在以前住的城市经常玩儿牛仔和印第安人游戏,还在菲律宾玩儿过很多战争游戏,所以这两种游戏都慢慢形成了模式和规则。在战争游戏中,你总是英雄人物,你总会赢,你总是对敌人慷慨无私——如果敌人没被你打死的话。在牛仔和印第安人游戏中,你总是当牛仔,还总会赢,通常还会要多少有多少枪战,总在获胜后解救出某个人。

和我不同,哈里斯以前没和那么多孩子一起玩儿过,所以他要制定一些自己的游戏规则。

比如说,没人会像哈里斯那样玩儿牛仔游戏。这就带来一些困难,因为我有一把带旋转子弹膛的镀银(实际上是镀铬)六轮手枪。我没有把它用于战争游戏中，因为它的型号不对，但是在牛仔游戏中，它显然能让我成为牛仔之王。我把它藏在床底下的箱子里，和那些照片放在一起。我提议把它拿出来玩儿游戏，但哈里斯态度坚定地否决了。

"不行。这里没有牛仔，只有红印第安人。而且除了红印第安人，谁也不能赢。"

这是一个新想法，但我愿意尝试，只要我不会输就行。怎么说呢，最近我在厄尼还有那些猪身上栽了太多次跟头了。

"那我们怎么玩儿？"

"我们潜伏起来，"哈里斯说，"把一切都打个稀巴烂。"

我努力让思路转了个弯，琢磨有什么办法可以让红印第安人得到一把镀银六轮手枪，有点儿物物交换的意思在里面。可哈里斯还是摇了摇头。

"你这辈子见过哪个印第安人拿着把六轮手枪吗？"

"那我们拿什么开枪——用手指假装吗？"

我得到了一个教训——永远、永远也不要低估哈里斯的想象力。

他带我来到谷仓后面。很多年以前，这里是个鸡圈。如今所有东西都塌了，腐烂了，变质了，但是这个曾经养鸡的地方如今长满了柳树苗。在鸡粪的滋养下，柳树长疯了，它们枝干挺直，长得密密麻麻，想从它们之间走过去都有点儿困难。这些柳树干粗细不一，有的有小手指那么粗，有的直径得有一英寸。

哈里斯从谷仓底下掏出了一把切肉刀。这是克莱尔最喜欢的一把切肉刀，就在那天早上，她还琢磨刀去哪儿了，眼下我才明白，哈里斯昨天就打算玩儿红印第安人游戏了。我敢确定，克莱尔并不想让哈里斯拿到那把刀，或者是任何锋利的、尖锐的东西。她说过很多次。

"世界上哪儿来那么多浑蛋玩意儿。"

"那么多什么？"

"规矩。每次你要干点儿什么,就这也不行、那也不行的。我来告诉你什么不能做吧。"他望着我,用手挥动那把切肉刀,"你这辈子……都不可能看到……红印第安人守规矩的那一天,对不?"

也许真是这样。但我心里想,更有可能的是,红印第安人从来不会把克莱尔的切肉刀藏在谷仓下面。不过我并没说什么。

他一路蹚着走进柳树丛,开始砍树。然后把粗点儿的弯成了弓,细点儿的做成了箭。我们忙活了一个多小时,先是剥树皮,再用粗糙的麻袋绳做弓弦,又把细枝干修剪好以便减轻重量更好发射。

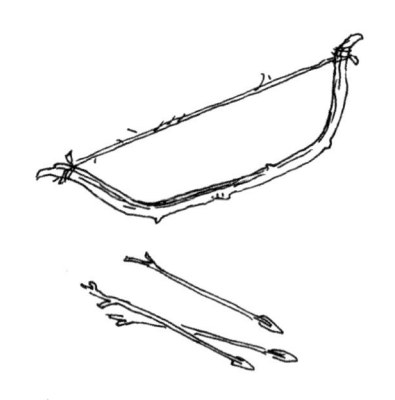

我们把箭尖打磨锋利,每人准备了六支箭,然后就出发了,打算按照哈里斯的计划行事:找地方埋伏起来,射一切可射的东西。

在这一点上,哈里斯和我有明显的差异。我以为他指的就是"东西"字面上的意思。我很满足于向土块、干草垛还有一堆堆的马粪射击,就假装它们是移民、牛仔或者是骑兵好了。

哈里斯把游戏玩儿到了现实主义的顶级,他瞄准了活的东西——牛、马,还有猪。

我犹豫了。很明显这违背了某种规则,或者说,我用我认为无可挑剔的逻辑给哈里斯指出,就像我们见过的,那些大人用弓箭射的都是外面的野生动物。

"反正他们没看见我们,"哈里斯挑明了说,"我们藏起来。"

他说服了我。虽说不那么直接,但我已经开始考虑这个方法的次要好处了。事实上,我在农场有两个可怕的敌人,一个是薇薇安,它都快把我的下体踢烂了,还把我的头拍进我的肩膀里。想到它,我就感到一阵剧痛。第二个要命的对手,当然就是厄尼。

在我看来,玩儿红印第安人游戏时,打那些想象中的敌人也没什么不好的,可如果有真实的敌人让你射击,当然更好啦。

我们潜伏起来。

哈里斯走在前面,我跟在后面,暗暗地等着机会,好给厄尼或是薇薇安来上一箭,此时此刻它们就在牛棚后面的牧场上。

哈里斯用箭射母猪。我也用箭射母猪。可箭从它们身体的一侧弹开来,却没有伤到它们,不过它们会发出尖叫声,还会用其他方式表现得就像受惊的骑兵一样。

哈里斯用箭射鸡。我也用箭射鸡。我们都没射中,这些鸡骑兵可比猪骑兵小多了。不过我们毫不气馁,又绕到牛棚后面去射。我朝身后搜索一番,希望能给厄尼来上一箭;又往前方看去,正好目睹哈里斯飞快射出了一箭。

牛棚的拐角处露出一小块灰色的皮毛，比我的巴掌大不了多少，它那么小，按说哈里斯是射不中的。他很可能射偏，但还是出于本能射出了这一箭，此刻他的本能反应占据了主导。

这一箭可以算得上完美。削尖的箭头扎进那团皮毛，爆发出一声尖叫，就像有人用一百万个钉子刮过黑板。只见那只差不多五十磅重的猞猁勃然大怒，从角落转头望过来，直直地看进哈里斯的眼睛里，看到他的灵魂深处。

"呀……"他还有时间说话。"锯子。不是，锯子。对不起，锯子。我真的很抱歉。锯子，不要！求你了，锯子……"

手里那把弓掉在地上时，他人已经穿过院子，快要跑进谷仓或是房子里去了。但这并不重要，因为他还在锯子的三跳之内，眨眼间，他们两个就打成一团，只见一阵灰尘扬起，爆发出一阵阵的尖叫声。

"它要杀了我!"哈里斯尖叫道,"快救我!"一时间,在我眼前,到处都是胳膊、腿、爪子,还有毛茸茸的耳朵。

我很担心哈里斯——尽管我认为没有任何东西能杀死他,但我不打算上手阻击锯子。我大声喊道:"锯子,你赶紧住手……"

这当然没用。战斗现场翻滚着,沸腾着,我不知道结果会如何。突然,房子的纱门打开了,克莱尔出现在那儿,双手插在围裙兜里。

"哈里斯!别再跟锯子闹了!快进来,我们得准备进城了。"

锯子停了下来。灰尘落下来时,锯子就站在哈里斯的头顶上,看着克莱尔,还从嘴里吐出几块布条,笨重的尾巴愉快地摆动着。

"快下来,你个笨蛋,"哈里斯说,"没听见吗?我们得进城了……"

他把锯子从头上甩下来,站起身。他身上穿的背带裤已经被撕成一条一条的了,还有十几处伤口在流血,不过好在没撕烂。他跑进屋里。我绕着锯子转了一圈,看它又吐出一片碎布,就转身朝牛棚方向走去,跟着哈里斯进到屋里。

"舞会还是什么,妈?"

哈里斯站在水槽旁,克莱尔正往一锅热气腾腾的水里倒进些冷水降温。

"对。有个舞会,还有派对,给哈弗森家办的——要帮他们修房子。他们家给烧了。"

"有电影看吗?"那个悲惨的消息似乎并没让哈里斯担心,"我们有电影看吗?"

她微笑着点了点头:"我想应该有,没错。"

"那我们能来点儿汽水吗?"哈里斯补充道,"我们看电影时不该喝点儿汽水吗?"

克莱尔没回答这个问题,而是把他的头按进水槽,开始给他洗头,就像她或者格兰尼斯清洗用过的牛奶分离器那样:先往一个地方浇热水,然后用硬硬的鬃毛刷擦洗，直到他发出尖叫声才停下来，或者说，是在他叫声停止之后停下，完全不管他的那些苦苦哀求，没有丝毫怜悯，然后，再去清洗另一个地方。

我站在那里，看着眼前发生的一切，从没想过自己会是下一个，直到哈里斯洗完。既是字面意思上，也是象征意义上，然后，克莱尔看向了我。

"把头伸水槽这儿来，亲爱的，你看起来像是在粪池里游过泳一样。"

我照做了，一会儿就明白了哈里斯为什么叫喊得那么厉害。那刷子感觉像是用钉子做的一样。她把我头上的每一个犄角旮旯都挖到了，反复地擦洗，间或把滚烫的水倒在我的头上，直到最后，我的皮肤失去了知觉。

"好了，"她一边说着，一边把满满一池和密西西比河水一样颜色、一样浓稠的水放掉，"现在，你干净了。我们干完今天的活儿就去，所以你们俩，给我保持干净，等我们把牛奶处理完，就去换衣服。"

哈里斯跑出门去，从门廊上跳下来，跳到草地上，转着圈，假装骑马一样跳起来说："说不定是吉恩。"

"你说什么？"我还因为刚才的擦洗感到疼痛，想确认两只耳朵是否还待在我的脑袋上。

"吉恩·阿特里，你个笨蛋。你没听她说吗？他们要放电影。这世界上只有三种电影，其中一种就是吉恩·阿特里。"

"你是说吉恩·奥特里[①]吗？"

"对啊。他跑来跑去，开枪射击，从不失手。你应该看看他的电影。他能把别人手里的枪给打下来，而且绝对不打偏。伙计，我真希望放吉恩·阿特里的电影。我才只看了十五还是二十来次呢，每次都觉得更好看了。他把跟他一块儿的那个胖子整得团团转，就是那个比水泵把手还笨、老是惹麻烦的家伙。

---

① 吉恩·奥特里（1907—1998），美国乡村音乐歌手、演员，一生发行了640多首歌曲，拍摄了93部电影，擅长扮演牛仔。——译者注

我真不明白,他是怎么从一部电影又活到下一部电影的。"

"那只是电影。"

他瞪着我。

"不是每次都是新东西。他们就那么搞上一回,然后到处去放。"我以前看过不少吉恩·奥特里的电影,还看过很多其他人的,比如罗伊·罗杰斯,还有一些战争片。

他哼了一声:"那当然。你一定觉得我跟那个胖子一样蠢。见鬼,你每次都能亲眼看见他们骑着马跑来跑去。你以为我不知道什么是真的,什么是假的吗?"

他还是不明白我的意思,我本想解释更多,但是这一切对我来说也有点儿模糊。我对电影之类的东西有所了解,但还不太确定它们是怎么做出来的,因为我还不够确定,所以很多问题不能解答。除此之外,还有另一件让我想不明白的事。

我确信我们是在一大片荒野很中间的地方。和副警官开车到这里来，一路上我们没有经过城镇，也没见过通往城镇的路，我实在搞不懂，为什么他们要在森林中央开一家电影院。

"他们在哪儿放电影？"我问。哈里斯已经彻底无视了克莱尔的警告，我俩跑到泥地里去玩儿，那儿有一对旧的铁制玩具拖拉机，还搭了一个农场。

"在墙上，"他回答，"还有别的地方吗？你怎么啥都不懂？"

所以，我放弃了这个问题，感觉我很快就能找到答案。

过了一小时，我们才去挤奶，漫长得像一个星期一样，又过了一小时，我们挤完奶、分离完奶，然后就是吃晚饭、换衣服。一顿狼吞虎咽，哈里斯几乎快要（当然还是没能）跟上路易的速度，然后跑上楼换衣服。不一会儿，他就穿着干净的背带裤下楼了，还是没穿衬衫，没穿鞋子，背带裤一侧的纽扣也没扣上，可以看见里面也没穿内衣。我换了件干净的T恤衫下楼，发现就连路易都为今晚的场合换了衣服。他换了件衬衫——不是换了一件干净的（我认为他从没穿过一件干净的衣服），而是换了另外一件脏的。

克努特、克莱尔和格兰尼斯都干干净净、清清爽爽。克努特穿着一件新熨烫过的工作衫，我意识到两天前我就看到克莱尔把它熨平了，她把熨斗放在炉子后面加热，一次熨一点儿。

克努特又喝了一杯咖啡，然后他点点头，一句话也没说就出去了，领着一队人马朝卡车走去。

那辆卡车很老了，有多老呢，可以尽管大胆地猜测。就像实际看上去那么老。它用很多不同的部件修修补补，又重新组装了很多次，所以看上去可能是一辆福特，也可能是一辆道奇，甚至可能是一辆雪佛兰。但不管是什么，它已经死了很久了，克努特用一种拉撒路[①]的方式，通过一种奇迹和人工的结合，让

---

① 指《圣经》中耶稣让死去的拉撒路复活的故事。——译者注

它继续跑了起来。

它没有电池，我们都站在那里，看着克努特用曲柄发动车子，转一圈，冒一点儿火星，再转一圈，多冒一点儿火星，再转一圈，又冒出更多的火星。不过有一圈转得太猛了，克努特的胳膊差点儿被扯断。他一句接一句地骂着，我开始明白，哈里斯骂街的本事是从哪儿学来的了。然后，克努特回来继续发动车子，又转动了一阵曲柄，车子就开始发出好像活塞交错运转一样的声音了。

他微笑着站起身，我们依次爬进车里去。顺序

是：格兰尼斯、克莱尔和克努特坐在前面；路易爬到卡车后面，背靠着驾驶室坐在车斗里，我和哈里斯坐到他旁边。

我仍然不知道我们要去哪儿，但是每个人出门的时候都很高兴，我便跟着满心高兴起来。

"我们不常进城。"哈里斯高声喊道，为了超过引擎的声音，他必须大声吼。这辆卡车压根儿就没装消音器，也几乎没什么排气管。唯一的一根管子到车斗那里就截止了，所以嘈杂的引擎声从四周将我们淹没。"这是那里最好的了，要是我们看电影时能来点儿汽水的话，就更好了……"

他说的三个字里我只能听到一个，他的声音得盖过引擎声才行，最后，他放弃了。

行驶到车道尽头，克努特操纵卡车右转，我们驶上一条泥巴路，接着就进入几英里长的森林路上行驶，或者换句话说，在路上颠簸前行。

就这样，卡车开了有半小时，我们来到一片一英里宽的空地上,就像克努特的农场那样开垦过,空地中央矗立着四栋框架结构的建筑,还有一个很高的有金属外壳的谷物升降机。一组铁轨沿着四栋建筑铺开,从它们之间穿过。

哈里斯咧嘴一笑,指着说:"镇子。"

我没说话,但它的样子让我想起我在菲律宾群岛上见过的一些村庄,那是一座座零散分布的荒无人烟的小屋。

我们跳着跨过铁轨,拐上一条土路,走到建筑物前,在一间四周用墙板围起的棚屋前停下,那间棚屋看着好像马上就要塌了。它的正面和两侧都没有窗户,只有一扇敞开的门,门前有一道粗糙的木制门廊。门上方,用粗糙的手写体写着:

伐木人小屋

另外三栋建筑看起来都差不多,除了其中一栋前面有一扇玻璃窗，一眼就能看出是家干货店。

我怎么也不明白的是，大家到底为什么这么兴奋。街上已经停了六七辆卡车，没有任何规律，就那么随意地停在原地。眼下，克努特也如此这般把我们乘坐的卡车停下来，引擎在一声喘息中熄火了。一个和我年龄相仿的瘦男孩跨出门，走到门廊上。他手里拿着一瓶耐斯比特橘子汽水，一看到我们的卡车，马上就要转身回到屋里。

但是他太慢了。

"汉塞特，你个笨蛋！"哈里斯一边吼着，一边从卡车一侧挤了下去。"我的弹珠枪到底弄哪儿去了？"

哈里斯在地上纵身一跳，扑到男孩身上。橘子汽水喷向空中。他们俩摔在地上，又滚到街上，翻起一团混杂着叫骂声的尘土。这样的哈里斯我已经见怪不怪了，我这会儿考虑的，是上去帮忙，还是去拎一桶水，或者找根棍子把他俩撬开。这个时候，克莱尔抓住我的胳膊。

"进屋来，亲爱的。别管他们，等他们闹够，自己就进来了……"

快到傍晚了，屋里很黑，唯一的光线还是从那扇开着的门透进来的。我的眼睛适应了一会儿，才习惯屋里昏暗的光线。

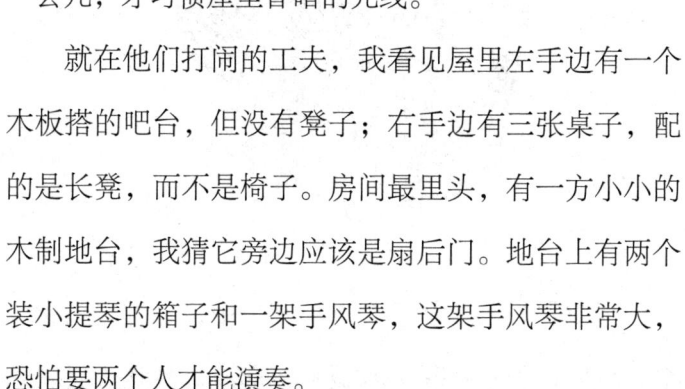

就在他们打闹的工夫，我看见屋里左手边有一个木板搭的吧台，但没有凳子；右手边有三张桌子，配的是长凳，而不是椅子。房间最里头，有一方小小的木制地台，我猜它旁边应该是扇后门。地台上有两个装小提琴的箱子和一架手风琴，这架手风琴非常大，恐怕要两个人才能演奏。

屋里坐满了人，每一个都和我们差不多，干净，但着装简陋。女人们穿着浆过的衣服，男人们则穿着工作服。到处都是年轻人，喝着耐斯比特橘子汽水。

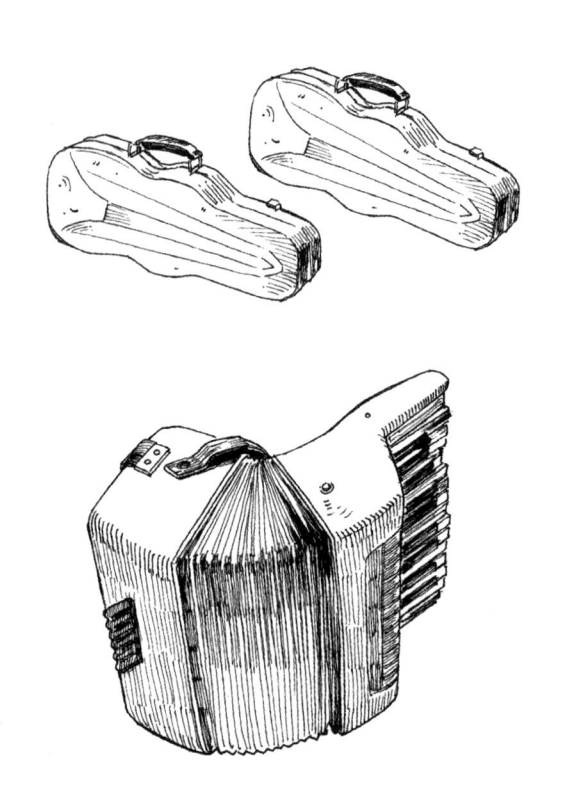

格兰尼斯和克莱尔朝某个人挥了挥手，就过去桌旁坐下，克努特则和路易去木板吧台那边，和几个男人站到一起。

  我谁也不认识，不过眼下这并不重要。我在盯着路易看。

他就像吃东西那样喝酒。吧台后面有个男人,同样穿着背带工作服,不过里面穿了件工作衬衫,还打了领带,他给路易和克努特每人一瓶深色的高瓶啤酒。克努特喝了一口,便放下酒瓶,和旁边一个男人说话。此刻,只见路易目视前方,只是简单地把瓶子拿起翻过来,按进喉咙里,一口就喝干了瓶子里的酒,等瓶子倒空了,他甚至还伸出舌头把瓶口舔干净。他把瓶子放在吧台上,酒保给他拿了一瓶新的。他又如此这般喝掉一瓶。

他就这么不停地喝着,直到我感觉有人在扯我的袖子,便转过身来,看见了哈里斯。

"我讨厌偷别人弹珠的笨蛋……"

他身上的衣服看着更糟了,邋里邋遢的,背带裤的一根带子也开了,但此时,他骄傲地举着一颗大大的猫眼弹珠,是那种弹珠枪用的。他把弹珠放到口袋里,然后朝吧台走去,站到路易旁边。

就在我要问刚才那个男孩怎么样了时,我看见那个男孩走进了房间。他看上去比哈里斯还要糟,走路时似乎还有一条腿拖着,另外有一只胳膊架了起来,鼻子下还有血迹,不过身上沾的泥土和哈里斯差不多。他走过去和一些大人站在一起,没有理我们。

哈里斯抬头看向酒保,等待着。没等多久,酒保就递给我们两瓶橘子汽水。没有付钱的过程。我没见这里有谁用钱买什么东西,不管是啤酒还是汽水,我还以为肯定都是免费的,不过后来哈里斯纠正了我的想法。

"都写账上。克雷尔有个笔记本,他把所有东西都记在上面了。我要是能有那个笔记本上一半的东西就好了,就可以得到世界上所有的弹珠了。"

我们站在吧台末端,离克努特和路易不远,他们正跟酒吧里的其他人谈论着马匹和庄稼。至少克努特是这样的。路易还在重复着一口干掉一整瓶啤酒的动作,酒保克雷尔有多快给他啤酒,他就有多快把啤酒灌下。

"他等会儿准保尿裤子，"注意到我在看路易，哈里斯说，"从上面进来，从下面出去，就像根管子……"

不一会儿，有三个人从人群里走出来，他们一句话也不说，径直走上地台，拿起乐器。个子较小的那人哼了一声，拉起手风琴。演奏开始了。

他们演奏的几乎不能算是音乐，听上去更像猫在钢鼓里打架。但胜在声音大，而且节奏稳定，人们很快开始结伴跳舞。

哈里斯不理会这些大人，他一直盯着后门——或者我认为是后门的地方，就那么一直盯着。

汽水喝完了，克雷尔又递给我们新的汽水，刚接过来，哈里斯就沿着吧台朝那扇门走去。

"来吧。"哈里斯抓住我的胳膊，"我们可得找个好位子……"

原来这里不是房间的后门，而是通往储藏室的门。我跟在哈里斯身后走进去，发现里面很黑，一时看不见有什么东西，只能依稀辨认出是一间屋子，四周墙边堆满了啤酒箱。中间一张摇摇晃晃的木桌上，放着一台老旧的电影放映机，它对面的墙上挂着一张床单。

哈里斯拉着我来到房间中央，又拖过两个啤酒箱，直接坐在放映机旁边，然后双手拿着他的汽水，开始不耐烦地等待。这时，克雷尔和十几个年轻人走进了房间。

在门口昏暗的灯光下，克雷尔走到房间一侧的一个盒子前，那盒子看起来像是块汽车电池，他用鳄鱼夹把两根电线接在放映机上。放映机的镜头射出一束光，投射在床单上，发出刺眼的光芒。

我们等待的时候，克雷尔默默地忙碌着，他把旧胶片从放映机里取出，伴随一阵咔嗒咔嗒的声响，把它接到卷带盘上。

然后，他按了一下开关，放映机发出一声噪声，转动起来，有点儿像把我们带到镇上的那辆旧卡车发出的声音。这时屏幕上出现了画面，是吉恩·奥特里骑马射击的场景。

把我们观看的这个东西叫作电影是不正确的。在那个时候，我已经看过很多部电影，能判断出我们看的这个东西有问题。可能是前十五分钟或者二十分钟的片子不见了，在多年不断放映的过程中丢失了。画面直接跳转到中间，吉恩骑着那匹名叫冠军的马朝人射击，等片子放完，也就是大约三十分钟后，他还骑着那匹名叫冠军的马朝人射击。虽然这是一部有声电影，但是由于没有音响设备，所以全程都是无声的，对话里涉及故事线索的东西都没有了。整个电影都聚焦在吉恩骑着冠军射击的场面，除了一个，他弹着吉他唱歌，另外还有一个，是他从酒吧屋顶跳下落到冠军的背上，骑马走了，这么做当然是为了躲避酒吧里的一些人，或者是去追赶逃跑的什么人。

接着，影片结束，银幕上又闪起白光。

"去他的。"哈里斯哼了一声，"我真讨厌这样的结局。"

就在这时，克雷尔回来了，带着一打装在木箱里的橘子汽水。他给我们每人递了一瓶，然后倒回胶片，重新播放，做完这些，就又回到外面吧台那里。外面的音乐声越来越大，也越来越不连贯。

孩子们都坐下来，又看了一遍，就好像第一次看一样。

我俯身凑到哈里斯耳边，低声问："还有其他胶片吗？"

"什么？"

"你知道，就是电影片子。没有其他片子的胶片吗？"

"除非你想看那些战争新闻。克雷尔有个那种东西，不过都挺短的。"

"战争？"第二次世界大战已经结束快五年了。

"对呀——跟那些日本坏人打仗。他们在里面像群狗一样打仗。还是没这个好。够了，闭嘴吧，看电影……"

他的心思又回到吉恩那里，我们又坐在那儿把电影看了一遍。

放映完，克雷尔带着橘子汽水再次出现。

然后，放一遍。

然后，又放一遍。

到第四遍的时候，我实在受不了了，在自己睡着之前，我离开了房间，回到前面的屋子里，去看看那里怎么样了。

屋里由挂在天花板上的两盏科尔曼灯提供照明，满屋都是烟雾和声响。音乐声更大了，还有一股啤酒和汗水混在一起的味道。似乎所有夫妇，比如克努特和克莱尔，都在房间中央那一小块地方跳舞，一旁的桌子那边空无一人，而像路易那样的老人则都站在吧台旁。

有人在说话，路易却沉默不语，还是像之前那样喝酒，一口气喝下一整瓶。他看起来和刚才几乎一样，只是眼睛里有一种前所未有的呆滞神情。我迅速计算了一下，得出结论，如果他一直以同样的速度喝酒，到现在已经喝了二三十瓶啤酒。

看样子，就像哈里斯说的，路易已经尿裤子了。

我走到桌边，坐下来看乐队表演。当我走过吧台的一头时，克雷尔神奇地出现了，又递给我一瓶橘子汽水。这提醒我，我的膀胱快要爆炸了。屋里没有卫生间，所以我去了外面的卫生间。我一下子跌进一片漆黑之中，差点儿把脖子给摔断，还把汽水瓶塞从门廊上掉到了地上。

过了一会儿，我的眼睛适应了黑暗，看到有几对年轻的情侣，他们成双成对地站在一起，手拉着手轻声交谈。我花了好大工夫才找到卫生间，解了内急，又回到屋里。

我坐在一张桌子旁，小口喝着汽水，看人们跳舞，几分钟后他们把音乐放慢，换成了华尔兹，我就再也睁不开眼睛了。

我把头靠在桌子上，闭上眼睛，就在那一瞬间，白天发生的一切都向我跑过来，和我一起滑向深处。没过多久，我便酣然大睡。

我不确定自己睡了多久。睁开眼时，我看见克努特一手抱着我，一手抱着哈里斯。他把我们轻轻放到卡车的后座上。我先是闭着眼睛，没过多久醒过来，看见克努特抬着路易走出房子，打算把他抬上卡车。路易浑身僵直，像个死人一样，双手还抓着他喝的最后一瓶啤酒。

接下来，就连卡车的声响都不能阻止我睡着了。

8

我们训练了两匹马,
我也从中学习到,被责备的
不一定就是犯错的

"现在，假装你就是那个又胖又蠢的家伙，我假装是吉恩。"

"不知道，好多地方有点儿不太对……"

"得了吧，我昨晚不是坐那儿看吉恩看了七遍吗？"

"嗯……"

"我上次出错是什么时候？"

我正打算说那次用箭射锯子屁股的事，最终还是没说出口。事实上，我认为，只要是哈里斯想做的事，都会成功。

有时候，即便是大人也会犯错。当然了，通常犯错的还是我们，但在那年夏天，也有那么几次，大人们也失去了理智，他们竟然把我俩单独留在家里。

眼下就是第一次。他们所有人，包括格兰尼斯和路易，都去哈弗森家帮忙清理失火现场了，把我俩孤零零地留在农场。

"你们把牛都牵进来，装好分离器，时间一到，我们就会准时回家挤奶。"克莱尔把手放在车门上，停了下来，似乎还想说些什么，我猜她是想要警告我们，别把房子给烧掉，或是发动一场战争，然后，她改变了主意。

接着他们就开着卡车沿着车道走了。

哈里斯站在那儿，一脸无辜地看着卡车开走，直到它不见踪影。此时卡车也就开出去不到四分之一英里，他朝谷仓跑去。

"快来！"

"你要干什么？"

他没有说话，而是抓过比尔的缰绳，从谷仓里拖出来，朝牧场上正在工作的马走去。这个时候，是我们能够靠近它们的时间。夏天里，再迟些日子，出于某种显而易见的原因，它们从不让我们靠近三十码以内，一靠近就会走开。

比尔轻轻低下头，让哈里斯给它戴上抹过油的皮笼头，然后领着它去谷仓。

说句实话，我当时就知道我们要干点儿啥错误的事了。并不是说我们总是做错，例如，我就从来没给哈里斯看过我那些"脏片儿"，只是这一回，我们完全错了。我其实很确定，不应该和马，还有哈里斯跟一匹两千磅的工作马的结合体搞到一起，这样肯定是错的。

"你总想玩儿那些牛仔游戏，"他说，"好吧，去把你的小银手枪拿来，我们一起玩儿牛仔游戏。"

比尔平静地走了过来，哈里斯像一只蚂蚁牵着一头犀牛，领着它穿过谷仓，走到离前门大约十英尺的地方。

哈里斯抬头说："该弄那个了。"

"弄什么？"

"把它收拾好，我们跳到它的背上。"

"我们要跳到比尔的背上？"

"对。就像我说的，你演那个胖子，我演吉恩，我们从阁楼门口跳到比尔的背上，然后骑着马去追那些偷东西的人。"

我前面说过，我认为我们是可以成功的。哦，第一次肯定不成。一开始看起来可能像是抓着腐烂的绳子从牛棚屋顶荡下来，或是掉到一头三百磅重的母猪身上。

不过哈里斯指出，从阁楼那里到比尔这边不算远，而且比尔的脊背很宽，上面的肉也很软，它拉割草机的时候，我们总是骑在它的背上。而且不管怎么说，我们真的没得选，因为吉恩在影片里就是这么做的，所以，我们也必须这么做，否则，我们就永远都连摊猪屎也不如……

所以，我同意了。

之所以后来出了问题，是因为哈里斯缺乏对自由落体原理的了解。

我们开始行动了——哈里斯满怀激情,我则有些惶恐。场景布置好了,比尔也就位了,我们在它面前放了一堆干草,好让它老老实实待在那儿,低头安静地吃东西。

接下来,我们爬上阁楼,走到阁楼窗前往下看。

"看见了吗?"哈里斯说,"这马背就像下面那张大大的厨房桌子……"

事实上,比尔看起来很小,小到我们很难命中目标,但哈里斯没给我太多的时间进行思考。

"我们跳到它的背上的办法是:我先抓着绳子荡出去一点儿,这时你先跳下去。这样一来,我就可以落在它的肩上,你呢,落在我后面,我们一起骑马走,去解救那些盗贼。"

"抓住那些盗贼,"我纠正道,"你不是要救那些盗贼,你得抓住他们。"

他停住问:"有什么区别吗?我们还是要跳到马背上,不是吗?"

我点了点头。

"好吧,那,你连自己说些什么都不知道,就别急着说话了。"他抓住从头顶栏杆上垂下来的用来把干草拖到阁楼上的吊绳,往后一退,摆出要跑出去的姿势,准备荡到比尔的身上。然后,又不放心地问了一句:"你准备好了?"

我又点了点头,但其实我在撒谎。

"说那个。"

"说什么?"

"真见鬼,难道你什么都不知道?你是那个胖子。你不是应该说'我们去救盗贼'吗?"

"我不知道。"

"说!"

"好吧。"

"现在就说!"

"我们去救那些盗贼吧。"

哈里斯点了点头,抓着吊绳冲出了阁楼。

在激情的驱使下，我也跟着他冲了出去。

这里就出现一些问题。

首先，就算比尔也看过那部电影，它也不大可能愿意让两个男孩从谷仓阁楼跳到自己的背上。然而它没看过电影，所以这样的情节对它来说，就完全是一个惊喜。

后来，胆小怯懦的一面占了上风，最后一刻，我打住了。此时，我已经一半身体冲出阁楼门，抓着门框在半空中打转，把自己搞得像件脏衣服一样挂在那里，眼睁睁看着接下来的一幕在我眼前发生。

哈里斯就没那么幸运了。

他绳子抓得太久，最后松开了。这个时候，他已经开始往回朝阁楼门荡回来。

他没有落到马的肩上，而是正好摔在那巨大的马屁股上。不幸的是，马的屁股真有厨房桌子那么大。只见哈里斯的双腿向旁边一甩，胯部那里发出一声吱嘎响，连我吊在那么高的地方都能听见。

"嗷嗷嗷嗷嗷!"

他缩起身体,想要顺着比尔的屁股滑下来。

就在这个时候,比尔感觉自己的后背突然跳上来个东西,于是做了一匹马应该做的事情。几百万年以来,当有肉食动物跳到背上时,马都会以一种特定的方式做出反应,它们会猛地跳起,把后背上的肉食动物颠下来,然后用脚去踢它。

比尔遵从了自己体内的基因密码,当被哈里斯撞上时,它猛力一跳,把哈里斯朝上顶了回来,几乎顶到阁楼门的高度,也就是我挂着的那个地方。

哈里斯两腿在身体一侧挺直,双手捂着小腹部,做了一个近乎完美的燕式跳水动作,头朝下冲着比尔的背部直直坠下去。要不是比尔,他可能会扑通一声栽在满地混着泥土的鸡屎上了。

然而,比尔遵从了自己体内的第二个基因密码,就在哈里斯进入射程范围的时候,它用一只有牛奶桶口那么大的后蹄踢了他一脚,至于这一脚的力量嘛,也就比原子弹爆炸小一点点吧。

它刚好踢在哈里斯的肚子上，哈里斯受了这一脚，整个人向后一甩，狠狠地砸进谷仓里，我甚至听见他在谷仓的地板上还颠了两下。

我在阁楼门口上又挂了一会儿，这个时候，比尔已经安安静静地回去吃草了。随后，我松开手，落在地上，跑进谷仓里。

哈里斯就歪在后门旁边，几乎在那一脚的冲力下穿过了整间谷仓。他侧身躺着，手仍然捂着小腹，越过我看向比尔，或者说，试着看向比尔。他的双眼看上去有些茫然，还一直喘息着。他低声说了些什么，但声音太小，我没听清。

"你说什么？"我俯身离哈里斯近些。

他又喃喃说起来。

"你得大声点儿……"

他屏住呼吸，然后嘘了一声："我们救出盗贼了吗？"

我不忍心告诉他真相:"是的,吉恩。我们把他们救出来了。"

"很好。"

他又喃喃说了些什么。

"你说什么?"我离他更近些。

"先不要动我。"

"我不动。"

"很好。"

接下来的一周,又一场周六晚上的舞会和随之而来的吉恩·奥特里狂欢之后,我们第二次尝试了电影中的情节。这也刚巧是大人们第二次留我俩在家,这一次,他们要给哈弗森家送一车干草过去。

哈里斯又一次看着他们离开,这一回,他们用约翰·迪尔旧拖拉机拖着一拖车干草,所有人都坐到车顶上,手里拿着一盘吃的。

他们一走到我们看不见的地方,哈里斯就朝谷仓走去,取下鲍勃的笼头,又向牧场走去。

比尔是不让我们靠近了,但鲍勃还没领教过,哈里斯走到它跟前,给它套上笼头,把它牵到了谷仓。

"我可不想从谷仓阁楼跳到它的背上。"我说。

哈里斯牵着它穿过谷仓,走到外面的院子里。

"才不呢。那个我们已经干过了。他还干过其他什么事?"

"谁?"

"吉恩,你个笨蛋。"

"唱歌。"

"才不是。我们不唱歌。这是另一码事。"

"好吧,他会骑马,还会跳到马背上,会唱歌,还有……"

"射击,"哈里斯打断我,"他骑着马射击,对吧?"

"嗯,没错……"

"他在大庭广众之下抢到那匹马,然后掏出那把六轮手枪,开始射击,对吧?我们要是不演这一段的话，那真是连摊猪屎都不如，不是吗？"

"你上次就是这么说的。就是我们从阁楼跳下去，你被踢进谷仓的那次。"

"在我跳出去的时候，"哈里斯纠正道，"你挂在那儿，而我，跳下去了。要是你能跳到对的地方，而不是吓得成了只鸡崽子，说不定一切都会按计划顺利完成。你是不是害怕啊？"

当然了。我确实害怕，只要哈里斯一谈起射击和骑马，我就不可能不害怕。当然，这也意味着我不得不按他说的做，而不管他想做的是什么。

"我们就这么办。"给鲍勃套上笼头后，他说。他牵着马穿过院子，走到离房子不远处。"去拿你那把银手枪，我去拿我的枪，然后我们爬到鲍勃的背上，让它飞奔起来，我们就开枪射击。"

"飞奔？"我见过鲍勃和比尔小跑。见过一次。除此之外，它们只肯慢吞吞地溜达着走。"我们就不能溜达吗？"

他哼了一声,说:"你到底看没看过他们的电影?你见过吉恩边遛马边开枪吗?现在,去拿你的枪……"

我跑进屋里,爬上楼,去找我那把需要用火药纸的玩具手枪。没有火药纸了,但是我很擅长模仿那种枪响声,我觉得这样也挺像。而且火药纸爆发的声响可能会吓到鲍勃,如果我们想让它飞奔起来,我可不想惊到它。比尔一脚将哈里斯沿直线踢进谷仓的情景还历历在目。

我找到手枪,转身小跑下楼,来到门廊,然后停住脚步,待在原地。

哈里斯已经骑到鲍勃的背上,稳稳地跨坐在它那粗壮的肩膀上,还握着一支猎枪,轻松自在地保持着平衡。

"那是什么?"

"什么是什么?"

"那支枪——那是支真枪吧?"

"哦,这个吗?这是爸的老式十二毫米口径枪。"他满不在乎地耸耸肩,咳嗽几声,往一边吐了口痰,"他随时都让我用呢。"

这真是一个明目张胆的谎言,都不值得去揭穿。

"来吧——你打算在那儿站一整天吗?"他引着鲍勃走到门廊近前,我跳了三次,终于爬上去,坐在哈里斯后面,一只手里还拿着那把火药纸玩具枪。

"你准备好了?"

我点了点头,随即意识到哈里斯脸朝前,看不见我。"当然……"

他直直地抬起双脚,用脚跟狠狠地撞在鲍勃的身体两侧,用力之大,我都听到马鼻子里有风在呼啸。

鲍勃向前迈步,走了一步,两步,就那么沿着车道走出院子。

"我们得想办法让它跑起来。这样,我踢它的时候,你也一块儿踢……"

我还是不确定我们要不要让它跑起来,但我把这个担心丢到一旁，开始跟哈里斯一块儿用鞋跟猛踢鲍勃。鲍勃先是歪歪扭扭地一阵小跑，最后变成跌跌撞撞地慢跑，完全谈不上什么真正的速度，但我们这番动静肯定已经触发了位于北美的地震仪。

土块、岩石和碎石，所有都飞了起来，鲍勃终于以接近全速奔跑的方式飞奔起来。我还从没骑过跑这么快的马，所以感到很兴奋。我们以惊人的速度跑过车道，这时，我瞄准旁边的一根篱笆桩，嘴里模仿着枪射击的声音，越过一块岩石射过去，完了又去射另一根篱笆桩。

嘿，瞧吧，这也没那么难嘛。我搂着哈里斯的手放松了一点儿，让身体跟随鲍勃的奔跑上下起伏，全然忘记我现在离地面足有二十英尺高。我，此刻正骑在鲍勃的背上，射杀强盗和小偷。我心想，说不定我真是一个牛仔呢。就在这时，全世界都炸起来了。

哈里斯抡过猎枪，举到鲍勃的头顶上方，刚好在鲍勃的两耳之间，打了一梭子高垒弹，把我俩都吓了一跳。

我说不上谁更惊讶,是鲍勃,还是我。我真不知道哈里斯在猎枪里装了一圈实弹,但是我知道,鲍勃的脑袋里从未想过会发生这样的事。

猎枪的反冲力是惊人的。它把哈里斯往回猛地一推,而哈里斯则传递给坐在后面的我,当鲍勃突然间停下来的时候,我们俩双双从马背上摔到鲍勃的前方。鲍勃的耳朵里肯定在轰鸣。随后,鲍勃用飞快的速度,比我能想象到的那么大一个家伙可能有的速度还要快得多,直接从我俩上方越过,往回朝院子的方向飞奔而去。

我们俩受了点儿伤,像这样的时刻,我想我这辈子都不一定经历过一两次。更糟糕的是,鲍勃一脚踩到猎枪上,把枪托踩成了两半。

"完蛋了。"哈里斯站起来,低头盯着那支枪。"格兰尼斯会杀了我。"

"格兰尼斯?那克努特呢?这可是他的猎枪。"

"他什么也不会说,他只会看着我,就这样已经够糟了。但是格兰尼斯非拿锄头把我打死不可。"

我点了点头。格兰尼斯是个可怕的存在。我见过她狠狠地收拾哈里斯,把他的鼻涕都给打得飞出来,当时,她还只是想试试自己挥出的这一下效果如何,甚至都没真的生气。我感到不寒而栗,想到如果她真的恼火起来会怎么做。

"唉,没辙了……"

我又点了点头。哈里斯只能面对现实了。

"……得由你来承担过错。"

"我?"

他点了点头:"只有这个办法了。"

"格兰尼斯会杀了我的。"

"不会。她只打我和一个叫哈罗德·彼得森的人。在教堂野餐时,他站过来碰了她的胸,她就用一口装着热菜的烫砂锅给他脑袋来了一下。但我觉得她很喜欢他,因为她在他倒地上的时候,还帮忙把砂锅拿开了……"

事情这样处理显然不公平，我很恼火。不用去找什么新的错误，我自己已经做了很多错事。"我不会承担猎枪这事的。"

"我们没有别的选择，不是吗？"

"我有。"

"是这样。"哈里斯怀疑地看了我一眼，"如果你有选择，那我也有。"

"你这是什么意思？"

"如果你选择不承担错误，那我可能会选择告诉他们你那些照片的事，就你床底下那个箱子里的。"

"你这条毒蛇！你翻我东西！"

他耸了耸肩："你本来不会知道的。我只看了一次。好吧，也许不止一次。它们看起来还挺有意思，让我的日子变得有趣了。我开始想，如果雪莉·艾弗森……"

他吃定我了。我明白这一点，但我还是反抗了一下:"要是再让我发现你动那个箱子,我就把你打出屎来。"这是个空洞的威胁,他知道这一点,但他还是很有礼貌地接受了这个威胁。

"我不会的。别担心了。格兰尼斯不会打你,即使打了,也不会像打我那样的。"

讽刺的是,我使出浑身解数撒了谎。我直视着他们的脸,告诉他们我怎么发现了猎枪,把它带出来,又在柜子里找到子弹(哈里斯教我这么说),我把子弹装进去,如今为这事简直难受极了。格兰尼斯拍拍我的头,转身就暴揍了哈里斯一顿,几乎把他从厨房里打飞出去。

"为什么打我?"哈里斯问道,摇摇晃晃地往房间里走。

"因为你没阻止他。"格兰尼斯说,"他差点儿用那支旧枪把自己杀了……"

"真该死……"

啪一声打。

不过，有一件事哈里斯说对了。克努特一句话也没说，只是看着我，然后就出去把枪托又粘又捆地固定在枪上。看到他那个表情，我真希望自己这辈子都没撒过谎。

9

我学会了玩耍，
找到了力量，
以及最原始的工作

有时候,我俩看起来好像一整个夏天都在疯玩儿。当然了,我和哈里斯不是在玩儿,就是在琢磨怎么玩儿。

但其实,我们把大部分时间都花在了工作上。正是在工作中,克努特弄断了他的手;也是在工作中,我看到格兰尼斯对哈里斯真实的态度是怎样的。

割完草之后,所有的干草要么堆成草垛,要么拖进阁楼里储存起来,以备冬季用。克努特先拉着马把草割好，然后用弯齿耙把干草耙起来，把它们耙成一堆一堆的。然后，他开着一辆前面装了个大筐的拖拉机，从四周将干草堆推入干草堆垛机里。堆垛机前面也有一个筐，它把较小的草堆收进来，再把它们抛到后面卷起来，卷成比较大的干草垛。

鲍勃以及比尔拉着堆垛机停停走走，哈里斯说，他小的时候，常趁马匹干活儿时骑在它们的背上，拉着堆垛机来来回回地走。

我感觉这么骑马肯定很有趣，可惜的是，两匹马都不让我靠近。我猜，它们肯定是觉得，上次哈里斯跳到它们的背上或是从背上开枪的事和我有关。

不过我们也有工作要做。随着干草在堆垛机里上上下下卷起来，我们必须得用叉子把它们叉起来，再均匀地放在地上，然后四处走着把它们扎好。

刚开始的第一天，在新鲜的夏季的干草上蹦蹦跳跳还是很有趣的。但这种乐趣只持续了第一个干草垛做完前的部分时间。接下来，就是一垛、一垛、又一垛，我们就干活儿、干活儿、再干活儿，在炎热的下午，在满是灰尘的干草间，就这么辛苦地干活儿。

第一天堆干草结束时，我已经筋疲力尽，几乎睁不开眼去吃那天的最后一顿饭。

第二天、第三天，这样的工作把我折磨得快散架了，以至于我闭上眼，就能看到田野里的干草垛，好像是一个个巨大的面包。甚至从谷仓一个靠近屋顶的小平台上跳下也成了工作的一部分，就为了放更多的干草进去。

处理干草花了一个星期，结束时我已经麻木了。终于有一天，无边无际的干草消失得干干净净，一根也没有了。这时，哈里斯看着站在谷仓边的我，说："最后一个到河里的人要吃臭猪泥……"

然后，我们出发了，不要命似的朝河里跑去。哈里斯还一边跑一边脱掉他的背带裤。这个他有优势，因为他只穿了这一件衣服。

河水流经房子和谷仓，附近有一个弯道和一个小池塘，那里的河岸被一个旋涡隔断，形成一个池塘。池塘并不深，最多只有四英尺，但由于塘底是沙子，所以池塘里的水又干净又凉爽，我们就直接跑到里面撒欢击水。或者说，是哈里斯直接跑了进去。因为我得停下来把鞋和裤子脱了。

就在我脱衣服的时候，身后传来一声重响。我立刻想到了比尔和鲍勃，担心它们也要来参加聚会。不过，当我转过身，却看见克努特走过来，他边走边脱掉工作裤，然后又解开衬衫的扣子。

他是个大块头，不胖，但很壮。脱完衣服的他，除了被晒得黑红的脸，浑身都像纸一样白。

哈里斯已经进到水里了，我也跳了起来，这个时候，克努特越过我跳了进去，落进池塘的时候，几乎把里面的水溅起二十英尺高。然后他飞快跑起来，几乎可以说是在水面上跳跃。一靠近我们这边，他就一只手抓住哈里斯的胳膊，另一只手抓住我，猛地摇晃起来，把我们像两条死鱼一样甩来甩去。

然后，他把我们扔到一边，从池塘里走出来，浑身湿漉漉地穿上衣服，一句话也没说，朝房子走去。

哈里斯爬起来时浑身都是泥，那些泥还在啪嗒啪嗒地往水里掉。我四下望了望，想弄清楚这些泥巴是哪儿来的。

"伙计，"哈里斯笑着说，"老爸跟我们玩儿是不是很有趣？"

"玩儿？"

"对啊。他很少这么玩儿。我真希望他能多玩儿一会儿。我想这能让他感觉踏实些。"

我感觉身体里的大部分骨头都变成了软骨。在"玩儿"的时候，我从头到尾都没能控制住自己的身体，也从来没感受过克努特抓我胳膊时那样的力量，以及他抡着我们转圈时那种轻松的样子。他的手就像是装了钢弹簧的老虎钳子。

"感觉踏实？"克努特似乎是我见过最不会紧张的人了。只不过很爱喝咖啡，爱抽达勒姆牛牌香烟。

"是啊。他那副神经,把他搞成现在这副样子。为农场和这里的一切操心。他以前总和我一块儿玩儿。有一次,他还把我扔到打谷机上了。那天可真是棒极了,回头跟你说。"

"我敢打赌……"

我们光溜溜地躺在河岸上,让太阳把我们晒干。我用手遮挡着,不停抬头望向房子那边,从那儿一眼就能看见我俩。但哈里斯似乎并不在意。

我躺回去,看了一会儿云,想着自己现如今住在这里,之前其实一直住在别的地方,为什么我好像都记不起以前住过的地方了呢?还想到,我是不是可以和哈里斯说说这个事。突然,他骂了一句:

"该死的。"

"怎么了?"

"扁虱。"

"木扁虱?"我睁大眼睛,坐了起来。我们整个夏天都在找扁虱。现在是七月初,它们已经消失得差不多了。克莱尔说过，扁虱总是在七月四日前消失不见。"到底是什么？"

"不是木扁虱。是发热扁虱。"

我仔细地看了看周围的地面，问哈里斯："会让我们发烧吗？"

"不是我们，是牛群。这意味着我们必须得泡它们了。伙计，我讨厌泡牲口。"

"泡牛吗？"像往常一样，我不知道他说的是什么意思。"怎么泡？"

但他没理我，而是穿上背带裤朝房子走去："走吧，我们得把扁虱的事告诉爸爸。"

最开始，泡牲口看起来似乎不是什么难事。谷仓后面有一个大围栏，上面的门通常是开着的。把饲料放在饲料槽里，就会把牛吸引进围栏。母牛很快都进来了，但是还有一头公牛，一头高大、弓背、黑白相间的荷斯坦公牛，正不停地冲撞围栏，它肩膀上的土都扬了起来，鼻孔里还喷着气。

"看起来它脾气很坏，"我对哈里斯说，"这头公牛。"

"才不。它只是紧张。我们一直把它隔离到现在，它觉得是时候和母牛群待在一起了。它不喜欢有任何东西干扰它交配。而且它不喜欢泡这个。没谁会喜欢。"

所有牛都关在畜栏里，栏门关上后，用木板在一个斜坡上搭起个陡坡道，通向一个四英尺多深的用金属片制作的狭长水箱顶部。在水箱里面，设置了另一个陡坡道，一直连到水箱外。它上面有木制横木，这样母牛就可以踩着从另一个坡道爬上去，然后再向下爬到地面，最后去往牧场。

这方法很简单。他们要把牲口从围栏里推到陡坡道上，强迫它们跳进水箱，再推上另一个陡坡，然后放它们自由。

"水箱里装的是什么？"我问。

"木馏油，"哈里斯吐了一口痰，"让你的皮肤起水疱的东西，看起来就像生病了一样。你最好尽量离它远点儿。"

我在心里暗下决心，坚决不靠近那个水箱，却完全忘记了还有液体位移这个概念，以及当一头半吨重的动物跳进一个装了液体的容器时，会发生什么样的事情。

我们说话的时候，克努特和路易已经把旧卡车倒着开到水箱前，把装着的五十五加仑[①]臭气熏天的液体从车上倾倒下来，冲进水箱，直到装满几乎四分之三。克莱尔和格兰尼斯从家里赶过来帮忙，但她俩都离浸泡区远远的。

然后，克努特站在水箱旁，看向哈里斯，冲他点了点头说："让它们过来吧。"

哈里斯打开通往陡坡道的围栏大门，随即后退，好像担心这些牛会跑着跳到别的牛身上一样。

---

① 英制容积单位，1加仑约等于4.546升。——编者注

不过什么也没发生。

"噢,见鬼。"哈里斯爬进牛圈,示意我跟上,然后,在远离薇薇安屁股的地方,我们又是赶又是推,直到有一头母牛走上了斜坡道。

当这头母牛靠近水箱的时候,路易伸手抓住它的尾巴,用力扭了一下,只见母牛向前一跳,自己掉进水箱中间。

这头母牛制造出深水炸弹一样的飞溅效果,木馏油在空中飞了足有十英尺远,最后落在我们所有人身上,裸露在外面的皮肤被击中后,我立刻就有一种灼烧的感觉。

没时间担心木馏油了,因为当我们赶进去第一头牛时,克莱尔和格兰尼斯已经在牛棚外面吆喝起来,让其余的牛跟着第一头牛走过去。

这是一个十到十五分钟内就完成的快速工作。在路易扭尾巴的把戏催动下,一头又一头母牛跳进水箱。克努特从卡车后面拿出拖把,等每一头母牛掉进水箱后，就把木馏油涂抹到它们的头顶和后背上。

最后，只剩下一头牛了，就是那头公牛。它很温驯地跟在后面，几乎只要稍一犹豫，路易就能抓住它的尾巴一样。

我从沿路的铁丝网缝隙间钻出来，站到栅栏外侧，碰巧看到了克努特。这时，那头公牛也停下来，大概停了半秒钟的工夫，只见克努特扔掉拖把，冲了出来。

我想我还从没见过谁跑得这么快，不过，那头公牛跑得更快。只见它掉转身体，在斜坡道上燃起熊熊斗志，发出一声令地面颤动的低吼，飞奔而出。

朝着哈里斯。

哈里斯一直站在母牛后面，把那些还没过去泡木馏油的母牛推到斜坡道上，实际上，他自己也上去斜坡道一点儿。他本来有时间做点儿什么的，比如从斜坡道上爬下来，再跑开。但此刻他正低头看着下方，想从沾满坡道的牛粪堆上迈过去。然而公牛跑得飞快，比克努特还要快，事到如今，哈里斯已经没有机会了。

那头公牛像一列火车一样猛撞向他，把他撞到围栏里，又摔到地上。这一切发生得猛烈而突然，我没时间大喊，没时间做任何事情，只能张大嘴巴，站在那里眼睁睁看着。

不到一秒钟，克努特就越过围栏，扑向公牛。我看到眼前的一幕，就像看慢镜头一样，但我还是不太确信。

他一把抓住哈里斯，不知怎么就把他从牛头底下拽了出来，一把拉起，越过围栏朝克莱尔和格兰尼斯那边丢过去，好像扔的是一块破布一样。

然后克努特开始打公牛。我不确定是打在头上还是鼻子上。他先举起右手，左手跟上，两只手握成拳头，向公牛挥去，如同砍倒一座山一样向它攻击，好像是在拿着一把斧头砍西瓜。

公牛倒下了，它咆哮着，狂怒着，喷着鼻涕、口水，前膝跪地。在这之后，克努特站起身来，左臂垂在身侧，手腕靠上的地方有些夸张地弯曲着。

他从公牛身边走过，走到离克莱尔和格兰尼斯不远的栅栏前，晃腿跨过铁丝网。

"他没事吧？"

"不知道。"克莱尔揉着哈里斯的胸口，额头因为担心而皱起来，"这头该死的牛。我告诉过你，要把它处理掉……"

哈里斯看上去像是死了一样。我看见过死人，在我看来，哈里斯已经死了，而此时此刻，我仍然动弹不得，呆呆地站在围栏内的栅栏旁。我说不清楚，是被克莱尔的话吓着了，还是被公牛对哈里斯的攻击吓着了。

不过让我意外的是格兰尼斯。她站在那儿看了哈里斯一会儿，把手举到嘴边，然后向前跪在克莱尔面前，小心捧起哈里斯的头，轻轻地哭起来，开始对他说话。

"你回来吧,哈里斯。你现在就回来。我们不想让你走。你只要马上回来,我就再也不揍你了。上帝啊,帮帮我吧……"

不知是克莱尔揉哈里斯的胸膛起了作用,还是因为格兰尼斯抱着他,或者只是因为他没死,哈里斯的腿动了一下。他双臂抬起来,眼睛也睁开,抬头望向格兰尼斯。

"见鬼,到底发生了什么事?"

格兰尼斯伸出手,但她说到做到,并没有打他。事实上,她的誓言整整生效了一整天,一直持续到第二天下午的晚些时候,哈里斯在门廊边上绊倒时嘴里冒出了几句脏话。

哈里斯的情况一转好,克莱尔就把他交给了格兰尼斯,又转身对克努特说:

"你的胳膊,"她说,"你打得太狠了。"

克努特点了点头,说:"我没多想。这东西在一年中最不应该的时候断掉了。"他转头看了看那头公牛，它还在地上趴着，鼻子里发出喷气声。"我希望我没有把它给杀了。它是头好公牛。"

克莱尔看向路易。我从没见她跟任何人说过跟工作有关的任何事，除了挤牛奶时会跟那些母牛说些什么。但是现在，她的声音里有种坚定的东西，这就清楚地表明，事情需要照她说的来做。

"给我找些木板和绳子做夹板。赶紧去！然后你发动卡车。我们得把克努特带到松林区的医生那里，把他的胳膊固定住。我来开车。你留在这儿，把家里的活儿干完，我们晚上回来。"她看向我说："在哈里斯能继续干活儿之前，你必须要帮助格兰尼斯……"

我点了点头。哈里斯脸上的表情，当然了，我"怀疑"并不是真的，他的表情说明，他可能有一段时间都不能工作了。

路易找来一些木板条，把它们折成两英尺长，然后和克莱尔一起在克努特骨折的地方做了一个夹板，并用绳子绑起来。克努特一直静静地站在那里，饶有兴趣地看着他们忙活，却并没有表现出任何疼痛或不适的样子。我真觉得他眼下更关心公牛，而不是他自己的胳膊。

夹板刚一装上，路易就发动了卡车，克努特上车坐在一侧，克莱尔坐在另一侧，他们开着车子走了，我们四人则目送他们离开。

我们两天后才再次见到他们。等到他们离开的第一天结束时，我感觉自己快要死了。

当克莱尔说让我帮格兰尼斯干活儿的时候，我还不知道要做多少工作。

格兰尼斯和路易挤完奶，我就得拿着装满牛奶的桶来来回回跑，然后把桶里的牛奶倒进分离器，然后再转动分离器。等分离完牛奶，还要用一把铁锹顺着排水沟把里面残余的牛奶铲出来，把牛棚清理干净。

然后，我要把所有的牛奶和奶油冷却好，还要喂鸡，还要把奶牛从牛棚赶回到牧场上，然后还要去房子那边削土豆,帮格兰尼斯做饭。她做饭的时候,我还要清洗分离器零件。最后,我终于坐到那盏科尔曼灯下的餐桌旁,努力让自己保持清醒别睡着了,等着路易把自己先喂饱,我也吃了些东西。

哈里斯一直陪在我旁边,捂着肋骨和肚子,夸张地抽搐着,在一边指挥我做这做那。

"这边,这边舀东西!""你得把鸡饲料摊开,你个笨蛋,要不它们就都吃不到啦!"……

天已经黑了,我什么也看不清,这会儿真希望哈里斯被那头公牛给撞死了。要知道,克莱尔和克努特刚一走,那头公牛就站起来,好像一点儿事也没有。

第二天,情况更艰难了。我们忙活了一整天,干完一个活儿,又是另一个活儿,一直干到天黑,而哈里斯还是没过来帮忙,这让我很恼火。

我们躺在床上。确切地说,是哈里斯躺在床上,而我快要晕倒在床上,因为干活儿太累而昏迷过去了。

哈里斯呻吟起来:"我想,我的肋骨断了。"

我没说话,闭着眼睛躺着。

"那头公牛狠狠地顶了我一下。"

我还是没理他。房间里沉默许久。我痛苦万分,肌肉像着了火一样滚烫,每根骨头都在痛。

"事实上,我觉得,我可能一个星期都干不了什么,因为我的肋骨断了,还有……"

"哈里斯!"我打断他。

"什么?"

"如果你明天不帮忙,我就杀了你。"我惊讶地发现,我是认真的,完完全全认真的。他一定从我的声音里听出来了,因为过了好一会儿,哈里斯叹了一口气。

"听起来肯定像是我在撒谎。不过我刚动了一下,好像不疼了。"

"很好。"

10

我找到了爱,
却让我心碎,
为了报复,
我毁了哈里斯的好事儿

直到一切都结束了,我才意识到我爱上了她,但为时已晚。

克努特回家时,左小臂上打着石膏,此后一切又都恢复了正常。他像往常一样努力工作,而唯一的变化,似乎就是他早上用一只手而不是两只手端着咖啡杯了。

爱情开始于周六晚上的舞会。有人精疲力竭,有人生病了,有人钱用光了,或者其他什么——我一直不清楚到底发生了什么，不过总有一些事情需要在星期六晚上的舞会上发生——就像往常一样，我们进城了。

我已经去过好几次舞会，知道可以期待什么了。但我还是不能很好地适应那里，也不认识其他孩子，所以当哈里斯在外面打架的时候，我进了啤酒大厅。我们每一次参加星期六晚上的舞会，哈里斯都会打架。我拿了瓶橘子汽水，坐到角落里的一张桌子旁，一直等到电影开始。

通常这段时间没人来打扰我。等哈里斯打完架，他就会进来拿瓶汽水，和我坐在一起，然后我们就会进去看吉恩骑马开枪射击。要么哈里斯就自己上，他对吉恩式骑马和射击从不厌倦。可我很快就厌倦了这一切，在这个特别的夜晚，我向后靠在背后的啤酒箱上，没有看向银幕，而是看着房间里其他孩子的脸。

总共有十四或者十五个孩子，年龄从六岁到十三岁左右。等到了青春期，他们就会出去跳舞，或者到酒馆门口去和人亲热地聊天儿，而青春期的开始似乎就是十二到十三岁。

我不敢相信的是，他们从来没对这部电影感到过厌倦。就在我看着他们看电影的时候，我感到有人在对我做同样的事情，于是我转过来，看到了世界上最漂亮的女孩，她正看向我。

她有一双大大的蓝眼睛，金色的辫子垂在背上。当我看着她时，她微笑了，并没有移开视线，而我感觉自己快要死了。

就是这么突然。我看过一些电影，讲的是一见钟情的故事，我妈妈允许我看完的那些电影，我很确定，这里正在发生的就是电影里的情节。

我移开目光，可以感觉到自己的脸涨得通红，我真希望自己能爬着走开。事实上，我决定这么做了。我走到门口，回到舞厅，感到里面的音乐声呼啸而过。

这可能完全就是个误会。我想，她其实并没有看

我。于是我拿了一瓶橘子汽水,走到角落里我那张小桌旁,看人们跳舞。

但当我转身坐下时,我看到她跟着我出来了,还和我坐在同一张桌子旁。

"嗨。我叫伊莱恩。"

我说不出话。她和我差不多大,在屋顶的科尔曼灯透出的明亮光线下,我看她看得更清楚了,她看上去也更漂亮了。她的眼睛像是寒冷的冰块做成的,身上穿着一条蓝色裙子,和她眼睛的颜色非常搭。

"伊莱恩·彼得森。"

我仍然沉默地坐着。害羞一直是我的一个问题,现在则成了不治之症。我感觉自己快要爆炸了,那种羞怯不知怎的,简直要让我的心脏停止跳动。我能听到它在跳,怦怦地跳,而且跳得似乎还不规律。而且好像我很可能会这么一直坐下去,像坨屎一样,然后死掉。我屏住呼吸,尽量控制住自己的声音,脱口说出我的名字。

她笑了:"我们家住在绿湖附近,离拉尔森家大概有四英里。"

我问她,为什么我之前没在电影院里见过她,或者我以为我没见过她。结果,话从我嘴里说出来却是这样的:"没看过电影吗,你?"也许是一些差不多的话。

"我一直和我奶奶住在北达科他州。在西边一百五十英里。"

她的语气好像在说另一个国家，我想我也许应该告诉她，我在菲律宾住了差不多三年，还在得克萨斯住过，还看见过加州以及它们之间几乎所有的地方，但结果，我什么都没说出来。

我不知道我们还要像这样待多久，她说的话，让我的舌头顶在了上腭上。我真希望自己能消失掉，但已经开始了，我被控制住了。天已经很晚，乐队开始跳最后一支舞，是一曲缓慢的华尔兹。电影也结束了，孩子们都从后面那个房间走了出来。

哈里斯立刻发现了我，还一眼就看出了我的处境。他走到桌边，手里拿着一瓶随处可见的橘子汽水，一屁股坐在椅子上。

我冲他使了个眼色，示意他离开，但被他无视了，他反而转头跟伊莱恩说起话来。

"你觉得我堂哥怎么样？"

她笑了:"似乎还不错。"

哈里斯摇了摇头:"我之前也是这么想的,但其实不是。"

我推了推他的肩膀。

"你什么意思?"她问。

"他的脑子,不大对劲儿。是他出生时造成的。他们剪脐带的速度太快了,还是因为别的什么,他的脑子没被光照到。这种事以前也发生过。人脑必须要暴露在光线下,否则就会不正常。你还记得赛弗伦家那个孩子吗?他是怎么老向左歪,还一直吃鼻涕的?"哈里斯用下巴指着我,"他也一样。"

"这不是真的……"我说,或者我试图这么说——可听起来倒更像语无伦次了。我的害羞症严重发作,而眼下我又必须让伊莱恩相信,我其实"神智正常",没有吃鼻涕,但又说不出话来。不过,一切都晚了。伊莱恩用一种充满怜悯的新表情端详着我,然后笑了。不是那种不友善的笑,而是点点头,然后离开了我们，留下我和哈里斯坐在那里，而我气得直冒烟。

我对他说："你会吃不了兜着走的。"

"啊，反正你也不想招惹伊莱恩。要不然，你老想着往她那儿跑，就没人陪我玩儿了。你呢，可能就要守在她家的邮箱旁，盼望着能见上她一面……"

"你会吃不了兜着走的。" 我又说了一遍。幸运的是，第二天，机会就来了。

"我不会那么做的。"

哈里斯站在牛棚旁，看了看从门边一个绝缘设备上引出来的电线，一直延伸到牧场上。

之前克努特已经把猪群转移到奶牛牧场的某个地方，又是挖又是装地忙了好一阵。他没有搭猪栏，而是买了一个用电池供电的电篱笆，还有一些绝缘设备以及电线。

他把一截六伏干电池和电篱笆放在牛棚里，以防遇到坏天气。然后，把电线从一个洞里伸出来。

我们花了半天时间在那儿看母猪,看它们是怎么对付这些电线的。它们学得很快,其中有一头叫老戈蒂的母猪,头一天就学会了先在头上做个泥饼,让它变干,接着用干泥饼做绝缘体,把电线拱开,然后它便溜出牧场,钻进玉米地。

那些鸡被电了几次,又叫又跳的,搞得鸡毛到处飞,就连锯子也不小心碰到过电线。当电流打到它的时候,被它当成了某种攻击,于是它反击回去,当然了,情况只会变得更糟。它更生气了,随后发起更猛烈的进攻,朝着电线又咬又抓又挠,直到最后,才承认自己失败,从栅栏旁走开了。它身上的每一根毛都奓起来,我相信,如果有谁在这个时候惹了它,肯定会被它杀掉。

就在锯子跟电线大战的时候,我的好主意又来了。我们试着用手指背以及草叶去碰电线,但是都没反应。我一直都是一个科学主义者,相信实验的价值,所以看到锯子和电篱笆大战,我很想知道,如果有人往电线上撒尿，会发生什么？

而且我特别想知道的是，如果往电线上撒尿的人是哈里斯，会发生什么。

我知道，这不是一个容易进行的实验，所以开始很认真地去推进。这次的实验主体是不情愿的，事实证明，他非常不情愿，所以，我必须说服他。

"先来听听规则。"

"什么规则？"

"你必须把尿撒在电线上，而不是从它上面晃过去，而且你必须在电线上撒足够长的时间，好让电流导过来。（这是一种脉冲电，是不连续的，每秒一次。）否则就不算完成任务。"

他又想了一会儿，研究着电线："这东西连母猪都给电跪了……"

我摇了摇头说："它那是失去平衡了。"

又过了一分钟，他叹了口气："好吧。"

他解开背带裤的纽扣，然后站在那儿，紧皱着眉头。

"怎么了？"

"不行，尿不出来。"

"挤挤。"

"我有点儿害怕。"

"如果你不尿在电线上，实验就完不成了！"我提醒他，觉得这样能促使他赶快采取行动。

"我知道，我知道。但这样根本没用。"他的眉头皱得更深了。

"我只能先对着旁边尿，然后晃一晃，再尿到电线上。"

他转向一侧，瞄准了电篱笆以外的地方，不一会儿就尿出来。

他慢慢转过身，直到尿线离电线只有几英寸远，在那里停留了一秒钟，然后击中了电线。

"瞧，"他说，"现在你开……"

在两波电流脉冲之间，他尿在了电线上，这时并没有电流通过电线。在他说"开心"俩字的中间,电流击中了他……

后来,我对电有了更多的了解。我了解到,水是一种绝佳的导体,而尿液当中的矿物质含量比水更高,因此导电性更好,所以哈里斯相当于在他身上挂了一根铜线,连到了电篱笆上。

效果马上就显现出来,这一切都是我从科学观察的角度希望看到的,如果不考虑被报复的话。

在巨大的电流中,哈里斯身体的每一块肌肉都抽搐着、收缩着,像是身体内有一根巨大的弹簧收紧了一样。

他浑身僵硬,像一根拨火棍,突然腾地起来,向后翻去,在午后的阳光下划出一道弧线。我发誓,我当时看到了一道彩虹。

在他撞到地面时,这一奇观还没结束。他先是侧身着地,双腿腾空,然后双脚着地跳起来,绕小圈跑起来,嘴里咝咝地说:

"噢,天哪,天哪,天哪……"

当他终于消停下来,靠在牛棚墙上大口喘粗气……

那天晚上,我躺在漆黑的房间的床上,听着蚊子扑打纱窗的嗡嗡声,想起他朝电线撒尿的一幕,又不由大笑起来。

"这一点儿也不好玩儿,"他躺在另一张床上说,"我下半身全肿了,就像被闪电击中了一样。"

"真是太有趣了。你绕圈跑,大喊着'噢,天哪,天哪,天哪……'"

我把脸埋进枕头里,才把笑声压下去,以免吵醒大人们。

先是安静了一会儿,接着,他也咯咯笑起来:"我猜我看见他了。"

"谁?"

"耶稣,你个笨蛋。但是他没站在桃树上……"

再后来,当咯咯的笑声平息下来时,我们就都睡着了……

11

哈里斯拥有了速度……
以及衣服的价值

"问题在于——太慢了。真见鬼,我们骑鲍勃和比尔去好了,那样快多了。"

我本来可以指出,自从发生了阁楼事故以及猎枪事件后,我们绝对不可能再靠近鲍勃或是比尔了,根本碰都碰不着它们,更别说骑了。不过,眼下离闪电击中哈里斯没过去几天,所以跟他争论这些,似乎让人有些难堪。如今哈里斯走路的时候,都得稍微叉开两条腿。

而且，我同意他的观点。

我们从垃圾堆里拖出了两辆旧自行车，花了将近三天时间，才把链条松下来上油，再固定车架，给轮胎打气，扭正车把，给轴承上油，就为了能在那段四分之一英里长的车道上来回骑。

一开始，我心里存了个幻想，想着把自行车修好，然后骑上四英里路，去伊莱恩家的农场找她。那晚她得知我的脑袋有问题之后，我只见过她一次，还是在另一次星期六舞会上。很明显，我还是全心全意地爱着她，这是从我的呼吸和脉搏上判断的，我能感觉到。而她只是冲我笑了笑，也不是不友善，就是那样不冷不热的，有时干脆彻底无视我。

然而，爱情是持久的，至少在想象中是这样的，我的大脑——尽管它可能已经衰退了——会不停地想起她金色的头发、蓝色的眼睛，以及她的微笑，还有她温柔的声音。

幻想就这样继续着。我要修好一辆自行车，我要骑上它去她家的农场,虽然我并不知道她家在哪儿。我幻想着,她出门走到邮筒前,看到我骑自行车来了,她走过来,停下,然后和我说话,发现我的脑袋其实一切正常,然后换一种方式冲我微笑,我们亲吻对方,还会结婚,还会……

幻想一直持续到我们真的把自行车修好,在车道上骑了个来回,一路吱嘎乱响,车轮摇摇晃晃地偏离路线,车胎侧面还起了鼓包。骑了一圈后,关于爱情,我想得少了,而关于要骑上四英里的最终后果想得多了,这就让我们回到了哈里斯那句有些尖刻的话,他又重复了一遍。

"太慢了。我们得找点儿东西让这堆破烂儿动起来。我们需要马达……"他站在那儿,双手插进背带裤的口袋里。我想他在看到洗衣机的时候,估计已经琢磨了有两回了。

他的眼睛不再骨碌碌乱转,我看见他开始咬自己的下唇。我知道这是他的一种习惯,预示着我们很快就会有麻烦，或者说，比正常情况还要更麻烦一些，但他的这个习惯也让我有些兴奋。

洗衣机就放在房子旁边。在那个时候，还没有全国通电，一些家庭洗衣服用的还是搓衣板。但克努特和克莱尔几年前就买了台旧式燃油洗衣机。

它看起来就像一台普通的绞洗式洗衣机，不同的是，下面有一个带小油箱的单汽缸汽油发动机，还有一个突出的脚踩式起动器。

我见过克莱尔和格兰尼斯用这台洗衣机洗衣服。启动时，先是动一动，再停一停，然后慢慢保持在一个速度上转动，伴随着一种蜂鸣音，由一个调速器控制着，还有一个V形履带把洗衣和拧干装置集成在一个马达上。

哈里斯在洗衣机附近溜达，更加仔细地研究它，小心地避开克莱尔和格兰尼斯工作的厨房窗口。

"它能带动……"他点头说。

"带动什么？"

"自行车。"

"用洗衣机？"

"是上面的马达，你个笨蛋。只有四个螺丝把它固定在那儿。我们把它弄下来，绑在自行车上，用履带连起来，就能骑走了。"

是你能骑走吧，我想，脑袋里出现了那匹马和那支猎枪，但我什么也没说。我还想到了一个显而易见的事实，说不定被哈里斯忽视了。

"这个马达，"我带着点儿幽默感指出，"连着的可是你妈妈的洗衣机。"

"我知道，"他说着，看向我，好像我是个白痴一样，"我们等他们进城不在的时候呗。"

到那个时候，我才意识到哈里斯那个计划的复杂性。他不仅仅是在随心所欲地做事，而是经常花好几天做计划，再把计划付诸实践。就像有一次，他想用压缩空气把一只班提鸡从旧烟囱里射出来。我花了得有好几小时，手动把空气挤进烟囱里的一根管子里，直到管子快要爆炸了,然后把管子固定好。又去抓了一只鸡,把它塞进烟囱里(我建议把厄尼塞进去,但是我们没找到它)。即便实验结果不尽如人意,当管子在烟囱里爆开的时候,许多长达两英寸的羽毛吹进他的两个鼻孔里,他对结果还是很乐观。"这只鸡是世界上跑得最快的鸡,它打到我的脸的时候,时速得有二百英里。"

眼下,他要执行的正是这样一个长期计划。

他从一个旧夯土机上找到个V形履带滑轮,直径大约有一英尺半,又用一把钢锯从四周朝中心锯出四个辐射状切口,每个切口四英寸长。

然后,他把状况稍好些的那辆自行车的后轮拆下来,花了几小时的时间,又是用线缠,又是打磨,把滑轮绑在轮辐上。

这时我感到无聊极了,想找些别的事情做。我像往常一样,偷偷溜进谷仓,看了看路易做的模型,惊讶地发现他的作品又增加了。

那是一个新农场，有小树和小房子，我忽然意识到，这就是我们的农场。他给拉尔森家做了一组模型，是一个用纸张和硬纸板做的房子微缩复制品，周围有树，还有一个牛棚模型。也有人物：克莱尔和格兰尼斯，两人站在房子旁；克努特，带领着一支小小的马队；另外还有一个是路易自己，站在马队队长旁边。此外还有两个人，正在猪圈附近的泥巴地里玩耍。

那是哈里斯和我。

有一个是我。

看到那个身影，我有一种奇怪的感觉。不知道为什么，我从来都没有过那种所谓的归属感，总是觉得自己像个过客。虽然我们都是亲戚，但我从来没想过自己也算是这个家庭的一员。相比那些不相干的局外人，我觉得自己更像是个旁观者。

这个小雕像让我的角色不同了，它把我雕刻进时间里。我不止是一个来访的远房亲戚，我是某一个人，是这个地方的一部分，是这个家的一部分。我属于这里。

我拿起那个代表我的木雕仔细看了看。它穿着一件鼠毛披风,微笑着,浅浅的微笑,露出白色的牙齿。它看起来和我很像,也让我比以往任何时候都更关注自己,关注我的生活。把它放下的时候,我哭了起来,对着自己哭,感觉自己像是回到了家里。

"怎么了?"我下来的时候,哈里斯正在捣鼓自行车,他看到我的眼睛红红的。

"进土了,刚才在谷仓里……"

"嗯,来,看看它!是不是很漂亮?"

他指了指那辆自行车，后轮上用电线和胶带固定着一个滑轮。他把车轮拧紧，把它托离地面，转了转车轮，证明它可以自如旋转。

我满是疑惑地点头。它看起来更像是一个旋转的绷带，我不知道它会有什么效果，但我没有哈里斯那样的热情和乐观精神，不能像他那样看得长远。

他还搭建了一个粗糙的木头架子，用螺栓固定在踏板上方，还用两个U型螺栓固定住生锈的护链。

"这个放马达用。"

我又点了点头，但说实话，我不觉得我们有机会去尝试。克努特还有其他人都不常进城。通常来说，家里一直有人。但我又错了。第二天，克努特就开着卡车，拉着克莱尔和格兰尼斯去镇上了。路易则带着他的队伍走了六英里，到一个邻居家给马打马掌去了。

哈里斯看着路易坐在高高的座位上，开着运粮车沿着车道缓缓离去。

他把一把月牙形扳手藏在身后，等路易一离开房子，就朝洗衣机走去。

我抓住他的背带，拦住他："先说好了，这次的事可不能算我头上。"

"他们不会知道是我们干的。"

"是你干的。"

"是。他们甚至都不会知道有这事儿。我们把马达挂上去，骑车跑几圈，然后就把它装回洗衣机上去。"

"那也一样。不管怎么说，我都不会认这个事。"

他点了点头："当然了。不过你会知道的，不会有啥问题……"

那个夏天，在哈里斯所有的轻描淡写里，这次可能是最不靠谱的。

在随后发生的灾难中，我没想到这个装置真的能运转。我帮他拧开将马达和洗衣机连接在一起的四个螺栓，帮他搬到自行车上，又帮他把它装在架子上。

他有一把旧螺旋钻和支架，还有一条从谷仓拿来的长长的V形履带，是绑东西剩下的。他花了只有几分钟，就把后轮拆下来，把履带绕上，再把轮子装回去，将履带接到马达的驱动轮上。

他调整马达的位置直到合适，在需要打孔的地方做下标记，然后在木架上钻了四个孔，用螺栓把接着履带的马达固定住。

"等会儿，"他说，"它会飞起来。"

或者爆炸吧，我心想。"你打算怎么启动它？"切换开关在架子上方。

"我会先推着自行车走，然后点火，点完马上跳上去。你就跟在我后面跑，等我上车，你再爬上来。"

"我才不骑那玩意儿呢。"

他盯着我，不屑地说："你这只弱鸡。"

"我就不骑。"

他皱起眉头,不耐烦地说:"好吧。我们需要一个计时器,这样就能计算速度了。你跑回家里卧室去拿个闹钟。"

我照他说的做了。那是一个铜钟,上面有两个铃铛,中间有一个来回击打铃铛的小锤子。

"骑另外一辆车到车道那头去,等我开始发动马达,你一听见声音,就看一眼闹钟,然后等我到达车道尽头,你再看一眼闹钟,这样一来,我们就能计算出我的速度有多快了。"

我满心疑惑。从我个人的判断来看,他恐怕永远也不可能把这玩意儿骑出院子,更别说骑到车道尽头了。但是哈里斯以前给过我惊喜,而且后来不断带给我惊喜,所以,我还是扶起另一辆自行车,尽职尽责地骑着它,歪歪扭扭地来到车道终点,在那里等着。

一直等着。

听见哈里斯在院子那头一次又一次尝试启动马达,我看了一次又一次闹钟。

砰砰砰砰……

然后就没声儿了。后来我才知道,之所以没声儿了,是因为哈里斯把控制器拆下来了,而马达里因为进了太多汽油,有点儿噎着了。后来我还断定,可能这是上帝试图阻止哈里斯把自己给害了。但即使有神的干预,也不顶事了,因为实际上哈里斯已经下定决心,谁来也救不了他。或者,就像哈里斯后来谈到上帝时说的:"至少他可以阻止我把那个倒霉的控制器拆下来……"

马达终于开动了,砰砰砰的一阵响,我一听见哈里斯的动静,就低头看向闹钟。我眼往下看统共不超过三秒钟,可是等我抬起眼睛时,惊讶地发现,哈里斯已经朝我骑出了一段距离。

就在这个时候,还发生了几件决定哈里斯命运的事情。这台马达终其一生都在洗衣机上没吃饱过汽油,如今逮住机会,可以拥有"汽油自由",便爆发出满腔的感激之情作为回报。它从一开始相对压制的砰砰声，逐渐变成激情澎湃的哐当声，我在车道的另一头听得清清楚楚。

接下来，当然就是更糟的事儿了。不知怎么搞的，所有东西都缠到了一块儿，螺栓、履带、自行车，所有的一切，好像发生了什么奇迹一样，全都缠到一起。此时，所有汽油都流进了百力通牌小马达张开的喉咙里，转化成输送给后轮的源源动力。

全部转换成了力量，以及速度。

只见所有东西都化作一道一道闪光，照亮一幅又一幅灾难场景，就好像正在观看一部定格电影，上演着大洪水或是龙卷风袭向佛罗里达海岸的情节。

说句公道话，哈里斯很勇敢。一开始先是那个本迪克斯刹车卡住不动了，链条连着脚镫跟着后轮转起来。哈里斯的两只脚踩在脚镫上，或者说，他试图踩在上面，但是随着旋转速度加快，两只脚镫转得越来越快，比它们曾经转过的速度都要快得多。哈里斯的双腿先是跟着快得看不清影子，然后就抬了起来，随着自行车达到了某个终极速度，两只脚镫不停打在他光着的两个脚底板上，而哈里斯呢，则一直骑在车上坚持着。

令人惊奇的是，什么东西都没掉下来。随着哈里斯越骑越近，可以看见他两膝曲起，膝盖抬高到脸颊两侧。终于，我看见那种感觉进入到他的脑袋里，因为恐惧，他的一双眼睛睁得大大的。他的舌头伸出来挂在嘴边，唾沫飞扬，接下来，他整个人都变成了一团糊影。

十五、二十、三十、四十……当他骑车经过站在车道末端的我身边时，速度应该已经接近每小时五十英里。

"救救救命命命啊啊啊！——"他大声呼救，随着他沿着车道一路飞奔而来，又从我面前飞速经过，他发出的求救声也因为多普勒效应发生了改变。然后他便像一颗陨石一样，栽进离乡道一侧远远的沟里。

后来他自己也说，就是在那个时候，他意识到自己是真有麻烦了。在公路上转弯显然是不可能的，但他说，他还是认为自己可以"让它在沟边的灌木丛里减速"。

灌木丛确实起到减速作用，他的判断正确。不过车子被死死拦住，一时间，只见马达、辐条、车轮、车架，还有缠结在一起的履带翻滚着喷射而出，简直令人眼花缭乱。有那么一刻，哈里斯和这堆东西纠缠在一起，让人分不清哪儿是他，哪儿又是自行车，看起来似乎就是一个男孩和机器混合而成的一团乱麻。

很快，哈里斯从里面分离出来。灌木丛上方的高处，他的身体呈大字形伸展开来。后来，他声称从那儿能看到几英里外，仍然以每小时五十英里的速度移动着，随后落下，划着弧线砸在地上，引得一堆柳枝、树叶和泥土在旋风中四散飞溅。

然后，便是寂静，除了汽油从油箱里滋出来喷到马达上，发出柔和的咝咝声，以及那个铜闹钟发出的嘀嗒声。

"哈里斯？"

没有反应。

"哈里斯，你还好吧？"

"呸！呸！"有吐口水的声音，树叶和泥土被推开，然后响起一串抱怨："真是见鬼啊，我一点儿也不好。我像支箭一样射进了泥土里，这会儿浑身都是伤。"

"需要我帮你吗？"因为灌木丛和柳树的遮挡，我看不见他。

"需要。帮我找我的吊带裤。"

"你的裤子？"

"没错，不知道掉哪儿去了。"

我们找了半个多小时，哈里斯还在路上躲过两次驶过的汽车，可还是没找到。我们又找了半小时，还是没找到，后来再也没找到。

最终，我们放弃了。自行车是彻底报废了，不过发动机是铸铁的，并未损坏，我们把它放在我的自行车的座位上，推回院子里，装回洗衣机上。哈里斯一路上像只鸟一样光着，就像他自己说的那样，浑身都是伤。

那天晚上，晚些时候，我们在黑暗中躺到床上，听见夜鸟在窗外唱歌，这时哈里斯悄声问："我骑得有多快？"

我摇了摇头，然后意识到，在黑暗中他看不见我，我有点儿内疚地说："我不知道。"

"闹钟上是多少？"

"我忘看了。"

"你给忘了?!"

"对不起啊。"

"我遭受了这一切,还得跟爸说我的裤子不知道丢哪儿了,而你,你竟然忘了看表?"

"我说过对不起了。"

一段长时间的安静后,他问我:"你感觉呢,我骑得有多快?"

在回答之前,我想了很久,想起他那双眼睛,还有那两条飞速转动的腿,他从我面前飞过时发动机砰砰的响声,灌木丛沟里的冲撞声,以及他没穿裤子从空中飞过的样子。

"至少一百。"

又是一阵沉默,然后是一声轻叹:"我也是这么猜的,那些篱笆看起来就像鸡圈的围网一样。这回可真是干了件大事儿。"

"没错。真是干了件大事儿。"我很认同。

12

一切都在改变

夏天突然就结束了。

车道沿路的农田里,有一块四十英亩的玉米地,种的是青贮玉米,或者说饲料玉米,和甜玉米不一样。也就是说,它们是拿来在冬天喂奶牛的,这些玉米会长成真正的巨无霸。

七英尺高的植物并不少见,从我们的视角看,四到五英尺高就是这样的。随着玉米秆长高,这块田地变成了诱人的绿色森林。躺在地上,会发现有一小块区域视野是清楚的，就在一排排玉米靠下的地方，大概有一英尺高，没长叶子的那一截。但是站起来的话，视野就受限了，无论朝哪个方向看，都只能看到几英尺远的地方，所以这个地方成了玩捉迷藏的绝佳场所。

或者是打埋伏战。

或者，就像哈里斯说的："现在是打玉米大战的时候了。"

玉米还没完全长熟，要到夏末或初秋才会成熟，到那时，它们就会被砍下来，当成青贮饲料，储存在饲料窖中。不过这时玉米也长得足够大了，足有一磅重，可以说是近乎完美的导弹武器，只需手腕轻轻一挥，如果击中头部的话，足以把人给撂倒。

"从这儿走，"哈里斯跟我解释说，"你先去玉米地里，当日本坏人，我让你先跑，然后跟在后面追你。"

"你当谁？"

"我当大兵乔。"

"为什么非得我当日本坏人?我想当大兵乔。"

哈里斯仔细端详着我,叹了口气,说:"看,是谁想出这个游戏的?是你,还是我?"

"呃,是你……"

"又是谁知道规则是什么?"

"我不知道还有什么规则……"

"我,我知道。所以我必须是那个跟在后面的人,好确保一切正常,这样一来,就得由你来当日本坏人,而我,就是大兵乔。就是这么设计的。"

对我来说并不是这样,但很明显,如果我们要继续玩儿下去,我就必须得当日本坏人,所以最终,我点了点头,走进玉米地。

一走进玉米地,就像走进了另一个世界。光线透过植物投下一道道绿光,使我想要轻轻地漫步其中,讲话也变得低声细语。我蹲下身子,小心翼翼地向前走。

还没走出八英尺,我的后脑勺就被什么东西砸了一下,砸得我都快要翻白眼了。

"我逮到你了,你这蠢货,日本坏人!"

我转了一圈,什么也没发现,只有沙沙作响的绿色玉米叶。我迈出两步,刚要迈出第三步,又被另一根玉米棒打中了后脑勺。

"该死的,哈里斯,你快住手!"

"……你这个日本坏人……"

他又跑掉了。但这一回,我知道他在哪儿了,当我判断自己又要被击中时,便弯腰低下身,就这样,我发现了这个清晰的视角。

他就在那儿,或者说,他的腿在那儿。往前两排,稍微靠近马路那边一点儿。我微笑着,从离我最近的一棵玉米上掰下一根玉米棒,在肚子上滚了两圈,然后突然起身,用尽全力,把这根玉米棒朝他站的地方扔过去。

但是没打中。

"上当了吧,你个日本坏人!"

又有一根玉米棒砸中了我的后脑勺。就在我站起来的工夫,他不知怎么绕到我的背后,发动了一次袭击。这一次,玉米棒狠狠砸中了我,我感觉两只耳朵都嗡嗡响起来。我愤怒极了,什么也不想,就朝他扑过去。

从那一刻起,游戏就变成一场"来抓我呀,抓不到呀"的打斗,我在玉米地里追赶他,追得我跑也跑不动了,到最后,我俩都躺在地上,在靠近路边的玉米地里大笑个不停。

"你可真是个可怜的日本坏人。"哈里斯躺在地上,冲我说。

"那是因为,我应该是'大兵乔'。"

一辆汽车的引擎声把我的话盖住了,我们从玉米地里往外窥视,正好看见副警官的汽车经过,朝房子驶去。

"是带我来的那人,"我说,"他来想干吗?"

"找你，很有可能。是来接你回家的……"

我立刻意识到，哈里斯说的是对的。夏天已经过去了，我内心的一切都在抗拒这一点。我来到这里，属于这里，我想待在这里，我把这里当成了自己的家，哈里斯是我的弟弟，格兰尼斯是我的姐姐，克努特是我的老爸，克莱尔是我的妈妈，而我，从来、从来都不想离开这里。

"你不用走的。"哈里斯看懂了我的表情。"你就一直待在玉米地里。我会给你带食物和毯子，他们一百年也找不到你。"他脸上有一种担心，甚至是害怕的神情，似乎快要哭出来了。

一切都太突然了。我感觉自己的一部分在点头，想要这么做，那就是躲，躲，躲起来。但我知道，这样不行。现在，我能听见克莱尔在屋里叫人，喊着我的名字，也喊着哈里斯的名字。我和脚下的每一寸路面抗争着，从我站的地方，走出玉米地，朝房子走回去。而哈里斯，则留在了玉米地里。

格兰尼斯已经把我的行李箱从房间里拿出来，站在副警官的车旁等待，她微笑着把箱子递给我。

"不是很好吗？"克莱尔说，"你终于可以回家了……"

但她看起来并不开心，克努特也是。克努特从谷仓旁走过来，双手握成拳头，插在背带裤的口袋里，两眼看着地面。路易则不见了踪影。

克努特什么也没说，就那么站在克莱尔旁边。格兰尼斯则在无声落泪。我踏上车，做完这一切，也不过是片刻的工夫。随后副警官掉转车头，我们沿着车道离开了农场。还没开出一百码，我就看见哈里斯从玉米地里跳出来，背带裤上沾满泥巴，挥着双手让我们停车。

他来到我这边，我摇下车窗。

"你能过来的，你知道。"他说着，自然而然地哭了起来。我也跟着哭了。"你跟那些笨蛋好好说说，告诉他们你要回这儿来。"

"我会的。"

"你让他们送你回来。"

"我会的。"

副警官把车开走了,留下哈里斯一个人站在路旁。我从后窗看过去,他正挥着一只手,所以我也向他挥了挥手。但很快,他就从我的视线里消失了,农场的其他部分也看不见了,我们驶上返回镇子的路。

副警官朝窗外吐了一口痰,说:"拉尔森一家都是好人。你这个夏天过得不错?"

不错,一切都在那里。马、猪、厄尼、照片、路易、游泳、去看吉恩·奥特里的电影——所有这些,一下子填满了我的心。我不得不朝窗外望去,藏起我的眼睛。

"对。不错!我过了一个愉快的夏天。"

后记

回家三周后，我收到一个小包裹，里面装着下面这封信：

亲爱的笨蛋：

你知道我写字不好，所以格兰尼斯帮我写的，只是我担心她不肯写我想说的，我又不信任那些大人……

写到这儿，就在这儿，她打我了。我没说错什么，但她却揍了我，所以你看到了吧，一切都没什么改变。

我以为我用装满沙子的手推车从厄尼身上碾过时就把它给弄死了，但我还是没做到——杀了它，我是说——那家伙……这儿，她又打我了。厄尼在那儿躺了一会儿，然后站起来，我还没来得及把手推车转过来朝它推过去，它就已经钻到谷仓下面去了。我本来可以快点儿转过来的,但我把沙子弄湿了,就为了让效果更好,不过这额外的分量放慢了我的速度。

其他人都很好。爸的一根手指断了,但他似乎并不在意。妈做饭呢。格兰尼斯看克莱德·彼得森的眼睛都快冒泡泡了——她又打我了。但这是真的。他老是在门柱旁溜达,到处闻味儿……我希望她别再打我了。我老被她揍,但其实我并没那个意思。

锯子还好,不过它有时看起来很生气,上周还撞了我一下。

我在房子后面发现了一些农民的坟墓,我想去挖,看看有没有宝贝,不过我会等你回来一块儿去。

好了,就到这里吧。哦,路易前几天来让我把包裹里的东西寄给你。他说你知道里面是什么。

再见，你这个老笨蛋，我希望你很快就能回家。

哈里斯

我打开盒子里包裹的纸，看到路易做的模型，是那个小小的我。我久久地拿着那个穿着鼠皮的小雕像，翻来覆去地看，然后把它放在窗台上，在那里，我可以看着它在不知不觉间入睡。那天晚上，我梦见了马，梦见农场，梦见玉米，梦见金发女孩，梦见人猿泰山，梦见吉恩，还梦见一辆时速一百英里的自行车，车上有一个长着雀斑的背带裤男孩……